刘亮程

风中的院门

刘亮程　著

山东文艺出版社

图书在版编目（CIP）数据

风中的院门：刘亮程经典散文 / 刘亮程著 .—济南：
山东文艺出版社，2020.7

ISBN 978-7-5329-6140-5

Ⅰ．①风…　Ⅱ．①刘…　Ⅲ．①散文集—中国—当
代　Ⅳ．① I267

中国版本图书馆 CIP 数据核字 (2020) 第 071261 号

风中的院门：刘亮程经典散文

FENGZHONG DE YUANMEN：LIU LIANGCHENG JINGDIAN SANWEN

刘亮程　著
- -
主管单位　山东出版传媒股份有限公司
出版发行　山东文艺出版社
社　　址　山东省济南市英雄山路 189 号
邮　　编　250002
网　　址　www.sdwypress.com
- -
读者服务　0531-82098776（总编室）
　　　　　　0531-82098775（市场营销部）
电子邮箱　sdwy@sdpress.com.cn
- -
印　　刷　山东临沂新华印刷物流集团有限责任公司
开　　本　880 毫米 ×1230 毫米　1 / 32
印　　张　8
字　　数　172 千
版　　次　2020 年 7 月第 1 版
印　　次　2024 年 5 月第 2 次印刷
书　　号　ISBN 978-7-5329-6140-5
定　　价　49.00 元
- -

目　录

辑一

与虫共眠

狗这一辈子

　　一条狗能活到老，真是件不容易的事。太厉害不行，太懦弱不行，不解人意、善解人意了均不行。总之，稍一马虎便会被人剥了皮炖了肉。狗本是看家守院的，更多时候却连自己都看守不住。

　　活到一把子年纪，狗命便相对安全了，倒不是狗活出了什么经验。尽管一条老狗的见识，肯定会让一个走遍天下的人吃惊。狗却不会像人，年轻时咬出点名气，老了便可坐享其成。狗一老，再无人谋它脱毛的皮，更无人敢问津它多病的肉体。这时的狗很像一位历经沧桑的老人，世界已拿它没有办法，只好撒手，交给时间和命。

　　一条熬出来的狗，熬到拴它的铁链朽了，不挣而断。养它的主人也入暮年，明知这条狗再走不到哪里，就随它去吧。狗摇摇晃晃走出院门，四下里望望，是不是以前的村庄已看不清楚。狗在早年捡到过一根干骨头的沙沟梁转转，在早年恋过一条母狗的乱草滩转转，遇到早年咬过的人，远远避开，一副内疚的样子。

其实人早好了伤疤忘了疼。有头脑的人大都不跟狗计较，有句俗话：狗咬了你你还去咬狗吗？与狗相咬，除了啃一嘴狗毛你又能占到啥便宜。被狗咬过的人，大都把仇记恨在主人身上，而主人又一股脑把责任全推到狗身上。一条狗随时都必须准备承受一切。

在乡下，家家门口拴一条狗，目的很明确：把门。人的门被狗把持，仿佛狗的家。来人并非找狗，却先要与狗较量一阵，等到终于见了主人，来时的心境已落了大半，想好的话语也吓忘掉大半。狗的影子始终在眼前窜悠，答问间时闻狗吠，来人惊魂不定。主人则可从容不迫，坐察其来意。这叫未与人来先与狗往。

有经验的主人听到狗叫，先不忙着出来，开个门缝往外瞧瞧。若是不想见的人，比如来借钱的、讨债的、寻仇的……便装个没听见。狗自然咬得更起劲。来人朝院子里喊两声，自愧不如狗的嗓门大，也就不喊了。狠狠踢一脚院门，骂声"狗日的"，走了。

若是非见不可的贵人，主人一趟子跑出来，打开狗，骂一句"瞎了狗眼了"，狗自会没趣地躲开，稍慢一步又会挨棒子。狗挨打挨骂是常有的事，一条狗若因主人错怪便赌气不咬人，睁一眼闭一眼，那它的狗命也就不长了。

一条称职的好狗，不得与其他任何一个外人混熟。在它的狗眼里，除主人之外的任何面孔都必须是陌生的、危险的。更不得与邻居家的狗相往来。需要交配时，两家狗主人自会商量好了，公母牵到一起，主人在一旁监督着。事情完了就完了。万不可藕断丝连，弄出感情，那样狗主人会妒忌。人养了狗，狗就必须把所有爱和忠诚奉献给人，而不应该给另一条狗。

狗这一辈子像梦一样飘忽，没人知道狗是带着什么使命来到人世。

人一睡着，村庄便成了狗的世界，喧嚣一天的人再无话可说。土地和人都乏了。此时狗语大作，狗的声音在夜空飘来荡去，将远远近近的村庄连在一起。那是人之外的另一种声音，邈远、神秘。莽原之上，明月之下，人们熟睡的躯体是听者，土墙和土墙的影子是听者，路是听者。年代久远的狗吠融入空气中，已经成为寂静的一部分。

在这众狗猖猖的夜晚，肯定有一条老狗，默不作声。它是黑夜的一部分。它在一个村庄转悠到老，是村庄的一部分。它再无人可咬，因而也是人的一部分。这是条终于可以冥然入睡的狗，在人们久不再去的僻远路途，废弃多年的荒宅旧院，这条狗来回地走动，眼中满是人们多年前的陈事旧影。

与虫共眠

      我在草中睡着时，我的身体成了众多小虫子的温暖巢穴。那些形态各异的小动物，从我的袖口、领口和裤腿钻进去，在我身上爬来爬去，不时地咬两口，把它们的小肚子灌得红红鼓鼓的。吃饱玩够了，便找一个隐秘处酣然而睡。

      我身体上发生的这些事我一点也不知道。那天我用铁锨翻了一下午地，又饿又累。本想在地头躺一会儿再往回走，地离村子还有好几里路，我干活时忘了留点回家的力气。时值夏季，田野上虫声、蛙声、谷物生长的声音交织在一起，像支巨大的催眠曲。我的头一挨地便酣然入睡，天啥时黑的我一点不知道，月亮升起又落下我一点没有觉察。醒来时已是另一个早晨，我的身边爬满各种颜色的虫子，它们已先我而醒、忙它们的事了。这些勤快的小生命，在我身上留下许多又红又痒的小疙瘩，证明它们来过了。我想它们和我一样睡了美美的一觉。有几个小家伙，竟在我的裤子里待舒服了，不愿出来。若不是瘙痒得难受，我不会脱了裤子捉它们出来。对这些小虫来说，我的身体是一片多么辽阔的田野，就像我此刻趴在大地的这个角落，大地却不会因瘙痒和难受把我捉起来扔掉。大地是沉睡的，它多么宽容。在大地的怀抱中我比虫子大不了多少。我们知道世上有如此多的虫子，给它们一一起名，分科分类。而虫子知道我们吗？这些小虫知道世上有刘亮程这条大虫吗？有些虫朝生暮死，有些仅有几个月或几天的短暂生命，几乎来不及干什么便匆匆离去。没时间盖房子，没时间创造文化和艺术，没时间为自己和别人去着想。生命简洁到只剩下快乐。我们这些聪明的大生命却在漫长岁月中寻找痛苦和烦恼。一个听烦世道喧嚣的人，躺在田野上听听虫鸣该是多么幸福。大地的音乐会永无休止。而有谁知道这些永恒之音中的每个音符是多么仓促和短暂。

我因为在田野上睡了一觉，被这么多虫子认识。它们好像一下子就喜欢上我，对我的血和肉的味道赞赏不已。有几个虫子，显然乘我熟睡时在我脸上走了几圈，想必也大概认下我的模样了。现在，它们在我身上留了几个看家的，其余的正在这片草滩上奔走相告，呼朋引类，把发现我的消息传播给所有遇到的同类。我甚至感到成千上万只虫子正从四面八方朝我呼拥而来。我的血液沸腾，仿佛几十年来梦想出名的愿望就要实现了。这些可怜的小虫子，我认识你们中的谁呢，我将怎样与你们一一握手？你们的脊背窄小得签不下我的名字，声音微弱得近乎虚无。我能对你们说些什么呢？

当千万只小虫呼拥而至时，我已回到人世的一个角落，默默无闻做着一件事，没几个人知道我的名字，我也不认识几个人，不知道谁死了谁还活着。一年一年地听着虫鸣，使我感到了小虫子的永恒。而我，正在世上苦度最后的几十个春秋。面朝黄土，没有叫声。

对一朵花微笑

我一回头，身后的草全开花了。一大片，像谁说了一个笑话，把一摊草惹笑了。

我正躺在土坡上想事情。是否我想的事情——一个人头脑中的奇怪想法，让草觉得好笑，在微风中笑得前仰后合。有的哈哈大笑，有的半掩芳唇，忍俊不禁。靠近我身边的两朵，一朵面朝我，张开薄薄的粉红花瓣，似有吟吟笑声入耳。另一朵则扭头掩面，仍不能遮住笑颜。我禁不住也笑了起来。先是微笑，继而哈哈大笑。

这是我第一次在荒野中，一个人笑出声来。

还有一次，我在麦地南边的一片绿草中睡了一觉。我太喜欢这片绿草了，墨绿墨绿，和周围的枯黄野地形成鲜明对比。

我想大概是一个月前，浇灌麦地的人没看好水，或许他把水放进麦田后睡觉去了。水漫过田埂，顺这条干沟漫流而下。枯萎多年的荒草终于等来一次生机。那种绿，是积攒了多少年的，一如我目光中的饥渴。我虽不能像一头牛一样扑过去，猛吃一顿，但我可以在绿草中睡一觉。和我喜爱的东西一起睡一觉，做一个梦，也是满足。

一个在枯黄田野上劳忙半世的人，终于等来草木青青的一年。一小片。草木会不会等到我出人头地的一天？

这些简单地长几片叶、伸几条枝、开几瓣小花的草木，从没长高长大，没有茂盛过的草木，每年每年，从我少有笑容的脸和无精打采的行走中，看到的是否全是不景气？

我活得太严肃，呆板的脸似乎对生存已经麻木，忘了对一朵花微笑，为一片新叶欢欣和激动。这不容易开一次的花朵，难得长出的一片叶子，在荒野中，我的微笑可能是对一个卑小生命的欢迎和鼓励。就像青青芳草让我看到一生中那些还未到来的美好前景。

后来我觉得，我成了荒野中的一个。真正进入一片荒野其实不容易，荒野旷敞着，这个巨大的门让你在努力进入时不经意已经走出来，成为外面的人。它的细部永远对你紧闭着。

走进一株草、一滴水、一粒小虫的路可能更远。弄懂一棵草，并不仅限于把草喂到嘴里嚼几下，尝尝味道。挖一个坑，把自己栽进去，浇点水，直愣愣站上半天，感觉到的可能只是腿酸脚麻和腰疼，并不能断定草木长在土里也是这般情景。人没有草木那样深的根，无法知道土深处的事情。人埋在自己的事情里，埋得暗无天日。人把一件件事情干完，干好，人就渐渐出来了。

我从草木身上得到的只是一些人的道理，并不是草木的道理。我自以为弄懂了它们，其实我弄懂了自己。我不懂它们。

春天的步调

刚发现那只虫子时，我以为它在仰面朝天晒太阳呢。我正好走累了，坐在它旁边休息。其实我也想仰面朝天和它并排躺下来。我把铁锨插在地上。太阳正在头顶。春天刚刚开始，地还大片地裸露着。许多东西没有出来，包括草，只星星点点地探了个头，一半还是种子埋藏着。那些小虫子也是一半在漫长冬眠的苏醒中。这就是春天的步骤，几乎所有生命都留了一手。它们不会一下子全涌出来。即使早春的太阳再热烈，它们仍保持着应有的迟缓。因为，倒春寒是常有的。当一场寒流杀死先露头的绿芽，那些迟迟未发芽的草籽、未醒来的小虫子们便幸存下来，成为这片大地的又一次生机。

春天，我喜欢早早地走出村子，雪前脚消融，我后脚踩上冒着热气的荒地。我扛着锨，拿一截绳子。雪消之后荒野上会露出许多东西：一截干树桩，半边埋入土中的柴火棍……大地像突然被掀掉被子，那些东西来不及躲藏起来。草长高还得些时日。天却一天天变长。我可以走得稍远一些，绕到河湾里那棵歪榆树下，折一截细枝，看看断茬处的水绿便知道它多有生气，又能旺势地活上一年。每年春天我都会最先来到这棵榆树下，看上几眼。它是我的树。那根直端端指着我们家房顶的横椽上少了两个细枝条，可能入冬后被谁砍去当筐把子了。上个秋天我爬到树上玩时就发现它是根好筐把子，我没舍得砍。再长粗些说不定是根好锨把呢。我想。它却没能长下去。

我无法把一棵树、树上的一根直爽的枝条藏起来，让它秘密地为我一个人生长。我只藏埋过一个西瓜，它独独地为我长大、长熟了。

发现那棵西瓜时，它已扯了一米来长的秧，根上结了拳头大的一个瓜蛋，梢上还挂着指头大的两个小瓜蛋。我想是去年秋天挖柴的人在这儿吃西瓜吐的籽。正好这儿连根挖掉一棵红柳，土虚虚的，很肥沃，还有根挖走后留下的一个小蓄水坑，西瓜便长了起来。

那时候雨水盈足，荒野上常能看见野生的五谷作物：牛吃进肚子没消化掉又排出的整粒苞米，鸟飞过时一松嘴丢进土里的麦粒、油菜籽，鼠洞遭毁后埋下的稻米、葵花……都会在春天发芽生长起来。但都长不了多高又被牲畜、野动物啃掉。

这棵西瓜迟早也会被打柴人或动物发现。他们不会等到瓜蛋子长熟便会生吃了它。谁都知道荒野中的一棵瓜你不会第二次碰见。除非你有闲工夫，在这棵西瓜旁搭个草棚住下来，一直守着它长熟。我倒真想这样去做。我住在野地的草棚中看守过几个月麦垛，也替大人看守过一片西瓜地。在荒野中搭草棚住下，独独地看着一棵西瓜长大这件事，多少年后我还在惦记着。我却没做到。我想了另外一个办法：在那棵瓜蛋子下面挖了一个坑，把瓜蛋吊进去。用木棍、草叶和土小心地把坑顶封住。把秧上另两个小瓜蛋掐去。秧头打断，不要它再张扬着长。让人一看就知道这是一截啥都没结的西瓜秧，不会对它过多留意。

此后的一个多月里，我又来看过它三次。显然，有人和动物已经来过，瓜秧旁有新脚印。一只圆形的牛蹄印，险些踩在我挖的坑上。有一个人在旁边站了好一阵，留下一对深脚印。他可能不太相信自己的眼睛。还蹲下用手拨了拨西瓜叶——这么粗壮的一截瓜秧，怎么会没结西瓜呢？

又过了一些日子，我估摸着那个瓜该熟了。大田里的头茬瓜已经下秧。我夹了条麻袋，一大早悄悄溜出村子。当我双手微颤着扒开盖在坑顶的土、草叶和木棍——我简直惊住了，那么大一个西瓜，满满地挤在土坑里。抱出来发现它几乎是方的。我挖的坑太小，太方正，让它委屈地长成这样。

当我把这个瓜背回家，家里人更是一片惊喜。他们都不敢相信这个怪模怪样的东西是一个西瓜。它咋长成这样了。

出河湾向北三四里，那片低洼的荒野中蹲着另一棵大榆树，向它走去时我怀着一丝的幻想与侥幸：或许今年它能活过来。

这棵树去年春天就没发芽。夏天我赶车路过它时仍没长出一片叶子。我想它活糊涂了，把春天该发芽长叶子这件事忘记了。树老到这个年纪就这样，死一阵子活一阵子。有时我们以为它死彻底了，过两年却又从干裂的躯体上生出几条嫩枝，几片绿叶子。它对生死无所谓了。它已长得足够粗，有足够多的枝杈，尽管被砍得剩下三两个。它再不指点什么。它指向的绿地都已荒芜。在荒野上一棵大树的每个枝杈都指示一条路。有生路有死路。会看树的人能从一棵粗壮枝杈的指向找到水源和有人家的居住地。

这片土地上的东西已经不多了：树、牲畜、野动物、人、草地，少一个我便能觉察出。我知道有些东西不能再少下去。

每年春天，让我早早走出村子的，也许就是那几棵孤零零的大榆树、洼地里的片片绿草，还有划过头顶的一声声鸟叫——鸟儿们从一棵树，飞向远远的另一棵。飞累了，落到地上喘气……如果没有了它们，我会一年四季待在屋子里，四面墙壁，把门和窗户封死。我会不喜欢周围的每一个人。恨我自己。

在这个村庄里，人可以再少几个，再走掉一些。那些树却不能再少了。那些鸟叫与虫鸣再不能没有。

在春天，有许多人和我一样早早地走出村子，有的扛把锨去看看自己的地。尽管地还泥泞。苞谷茬端扎着。秋收时为了进车平掉的一截毛渠、一段埂子，还原样地放着。没什么好看的，却还是要绕着地看一圈子。

有的出去拾一捆柴背回来。还有的人，大概跟我一样没什么事情，只是想在冒着热气的野外走走。整个冬天冰封雪盖，这会儿脚终于踩在松软的土上了。很少有人在这样的天气窝在家里。春天不出门的人，大都在家里生病。病也是一种生命，在春天暖暖的阳光中苏醒。它们很猛地生发时，村里就会死人。这时候，最先走出村子挥锨挖土的人，就不是在翻地播种，而是挖一个坟坑。这样的年成命定亏损。人们还没下种时，已经把一个人埋进土里。

在早春我喜欢迎着太阳走。一大早朝东走出去十几里，下午面向西逛荡回来，肩上仍旧一把锨一截绳子。有时多几根干柴，顶多三两根。我很少捡一大捆柴压在肩上，让自己躬着背从荒野里回来——走得最远的人往往背回来的东西最少。

我只是喜欢让太阳照在我的前身。清早，刚吃过饭，太阳照着鼓鼓的肚子，感觉嚼碎的粮食又在身体里葱葱郁郁地生长。尤其平射的热烈阳光穿过我两腿之间。我尽量把腿叉得开些走路，让更多的阳光照在那里。这时我才体会到阳光普照这个词。阳光照在我的头上和肩上，也照在我正慢慢成长的阴囊上。

我注意到牛在春天吃草时喜欢屁股对着太阳。驴和马也这样。狗爱坐着晒太阳。老鼠和猫也爱后腿叉开坐在地上晒太阳。它们和我一样会享受太阳普照在潮湿阴部的亢兴与舒坦劲。

我同样能体会到这只常年爬行、腹部晒不到太阳的小甲壳虫，此刻仰面朝天躺在地上的舒服劲。一个爬行动物，当它想让自己一向阴潮的腹部也能晒上太阳时，它便有可能直立起来，最终成为智慧动物。仰面朝天是直立动物享乐的特有方式。一般的爬行动物只有死的时候才会仰面朝天。

这样想时突然发现这只甲壳虫朝天蹬腿的动作有些僵滞，像在很痛苦地抽搐。它是否快要死了。我躺在它旁边。它就在我头边上。我侧过身，用一个小木棍拨了它一下，它翻过身来，光滑的甲壳上反射着阳光，却很快又一歪身，仰面朝天躺在地上。

我想它是快要死了。不知什么东西伤害了它。这片荒野上一只虫子大概有如下死法：死于奔走的大动物蹄下，或死于天敌之口。还有另一种死法——老死，我不太清楚。在小动物中我只认识老蚊子。其他的小虫子，它们的死太微小，我看不清。当它们在地上走来奔去时，我确实弄不清哪个老了，哪个正年轻。看上去它们是一样的。

老蚊子朝人飞来时往往带着很大的嗡嗡声。飞得也不稳，好像一只翅膀有劲，一只没劲。往人皮肤上落时腿脚也不轻盈，很容易让人觉察，死于一巴掌之下。

一次我躺在草垛上想事情，一只老蚊子朝我飞过来，它的嗡嗡声似乎把它吵晕了，绕着我转了几圈才落在手臂上。落下了也不赶紧吸血，仰着头，像在观察动静，又像在大口喘气。它犹豫不定时，已经触动我的一两根汗毛，若在晚上我会立马一巴掌拍在那里。可这次，我懒得拍它。我的手正在远处，我不忍将它抽回来。况且，一只老蚊子，已经不怕死，又何必置它于死地。再说我一挥手也耗血气，何不让它吸一点血赶紧走呢。

它终于站稳当了。它的小吸血管可能有点钝，它往下扎了一下，没扎进去，又抬起头，猛扎了一下。一点细微的疼。是我看见的。我的身体不会把这点细小的疼传到心里。它在我疼感不知觉的范围内吸吮鲜血。那是我可以失去的。我看见它的小肚子一点点红起来，皮肤才有了点痒，我下意识抬起手，做挥赶的动作。它没看见，还在不停地吸，半个小肚子都红了。我想它该走了。我也只能让它吸半肚子血，剩下的到别人身上去吸吧。再贪嘴也不能叮住一个人吃饱。这样太危险。可它不害怕，吸得投入极了。我动了动胳膊，它翅膀扇了一下，站稳身体，丝毫没影响嘴的吮吸。我真恼了，想一巴掌拍死它，又觉得那身体里满是我的血，拍死了可惜。

这会儿它已经吸饱了，小肚子红红鼓鼓的，我看见它拔出小吸管，头晃了晃，好像在我的一根汗毛根上擦了擦它吸管头上的血迹，一蹬腿飞起来。飞了不到两拃高，一头栽下去，掉在地上。

这只贪婪的小东西，它拼命吸血时大概忘了自己是只老蚊子了。它的翅膀已驮不动一肚子血。它栽下去，立马就死了。它仰面朝天，细长的腿动了几下，我以为它在挣扎，想爬起来再飞。却不是。它的腿是风吹动的。

我知道有些看似在动的生命，其实早死亡了。风不住地刮着它们，从一个地方，到另一个地方，再回来。

这只甲壳虫没有马上死去。它挣扎了好一阵子了。我转过头看了会儿远处的荒野、荒野尽头的连片沙漠，又回过头，它还在蹬腿，只是动作越来越无力。它一下一下往空中蹬腿时，我仿佛看见一条天上的路。时光与正午的天空就这样被它朝天的小细腿一点点地西移了一截子。

接着它不动了。我用小棍拨了几下，仍没有反应。

我回过头开始想别的事情。或许我该起来走了。我不会为一只小虫子的死去悲哀。我最小的悲哀大于一只虫子的死亡。就像我最轻的疼痛在一只蚊子的叮咬之外。

我只是耐心地守候过一只小虫子的临终时光，在永无停息的生命喧哗中，我看到因为死了一只小虫而从此沉寂的这片土地。别的虫子在叫。别的鸟在飞。大地一片片明媚复苏时，在一只小虫子的全部感知里，大地暗淡下去。

最后一只猫

我们家的最后一只猫也是纯黑的，样子和以前几只没啥区别，只是更懒，懒得捉老鼠不说，还偷吃饭菜馍馍。一家人都讨厌它。小时候它最爱跳到人怀里让人抚摸，小妹燕子整天抱着它玩。它是小妹有数的几件玩具中的一个，摆家家时当玩具将它摆放在一个地方，它便一动不动，眼睛跟着小妹转来转去，直到它被摆放到另一个地方，还是很听话地卧在那里。

后来小妹长大了没了玩兴，黑猫也变得不听话，有时一跃跳到谁怀里，马上被一把拨拉下去，在地上挡脚了，也会不轻不重挨上一下。我们似乎对它失去了耐心，那段日子家里正好出了几件让人烦心的事。我已记不清是些什么事。反正，有段日子生活对我们不好，我们也没更多的心力去关照家畜们。似乎我们成了一个周转站，生活对我们好一点，我们给身边事物的关爱就会多一点。我们没能像积蓄粮食一样在心中积攒足够的爱与善意，以便生活中没这些东西时，我们仍能节俭地给予。那些年月我们一直都没积蓄下足够的粮食。贫穷太漫长了。

黑猫在家里待得无趣，便常出去，有时在院墙上跑来跑去，还爬到树上捉鸟，却从未见捉到一只。它捉鸟时那副认真劲让人好笑，身子贴着树干，极轻极缓地往上爬，连气都不出。可是，不管它的动作多轻巧无声，总是爬到离鸟一米多远处，鸟便扑地飞走了。黑猫朝天上望一阵，无奈地跳下树来。

以后它便不常回家了。我们不知道它在外面干些啥，村里几户人家夜里丢了鸡，有人看见是我们家黑猫吃的，到家里来找猫。

它已经几个月没回家，早变成野猫了。父亲说。

野了也是你们家的。你要这么推辞，下次碰见了我可要往死里打。来人气哼哼地走了。

我们家的鸡却一只没丢过。黑猫也没再露面，我们以为它已经被人打死了。

又过了几个月，秋收刚结束，一天夜里，我听见猫在房顶上叫，不停地叫。还听见猫在房上来回跑动。我披了件衣服出去，叫了一声，见黑猫站在房檐上，头探下来对着我直叫。我不知道出了啥事，它急声急气地要告诉我什么。我喊了几声，想让它下来。它不下来，只对着我叫。我有点冷，进屋睡觉去了。

钻进被窝我又听见猫叫了一阵，嗓子哑哑的。接着猫的脚步踩过房顶，然后听见它跳到房边的草堆上，再没有声音了。

第二年，也是秋天，我在南梁地上割苞谷秆。十几天前就已掰完苞米，今年比去年少收了两马车棒子，我们有点生气，就把那片苞谷秆扔在南梁上半个月没去理识。

别人家的苞谷秆早砍回来码上草垛，地里已开始放牲口。我们也觉得没理由跟苞谷秆过不去。它们已经枯死。掰完棒子的苞谷秆，就像一群衣衫破烂的穷叫花子站在秋风里。

不论收多收少，秋天的田野都叫人有种莫名的伤心，仿佛看见多少年后的自己，枯枯抖抖站在秋风里。多少个秋天的收获之后，人成了自己的最后一茬作物。

一个动物在苞谷地迅跑，带响一片苞谷叶。我直起身，以为是一条狗或一只狐狸，提着镰刀悄悄等候它跑近。

它在距我四五米处蹿出苞谷地。是一只黑猫。我喊了一声，它停住，回头望着我。是我们家那只黑猫，它也认出我了，转过身朝我走了两步，又犹疑地停住。我叫了几声，想让它过来。它只是望着我，咪咪地叫。我走到马车旁，从布包里取出馍馍，掰了一块扔给黑猫，它本能地前扑了一步，两只前爪抱住馍馍，用嘴啃了一小块，又抬头望我。我叫着它朝前走了两步，它警觉地后退了三步，像是猜出我要抓住它。我再朝它走，它仍退。相距三四步时，猫突然做出一副很厉害的表情，喵喵尖叫两声，一转身蹿进苞谷地跑了。

这时我才意识到提在手中的镰刀。黑猫刚才一直盯着我的手，它显然不信任我了。钻进苞谷地的一瞬我发现它的一条后腿有点瘸，肯定是被人打的。这次相遇使它对我们最后的一点信任都没有了。从此它将成为一只死心塌地的野猫，越来越远地离开这个村子。它知道它在村里干的那些事。村里人不会饶过它。

两窝蚂蚁

冬天，每隔一段时间——差不多有半个月，蚂蚁就会出来找食吃，排成一长队，在墙壁炕沿上走，有前去的，有回来的，急急忙忙，全阴得皮肤发黄，不像夏天的蚂蚁，黝黑黝黑。蚂蚁很少在地上乱跑，怕人不小心踩死它们。也很少一两只单独跑出来。

我们家屋子里有两窝蚂蚁，一窝是小黑蚂蚁，住在厨房锅头旁的地下。一窝大黄蚂蚁，住在靠炕沿的东墙根。蚂蚁怕冷，所以把洞筑在暖和处，紧挨着土炕和炉子，我们做饭烧炕时，顺便把蚂蚁窝也煨热了。

通常蚂蚁在天亮后出来找食吃。那时母亲已经起来把死灭的炉火重新架着。屋子里烟气弥漫。我们全钻在被窝里，只露出头。有的睁眼直望着房顶，有的半眯着眼睛。早睡醒了，谁都不愿起。整个冬天我们没有一点事情，想睡到什么时候就睡到什么时候。直到炉火和从窗户照进的刺眼阳光，使屋子重又变得暖洋洋，才会有人坐起来，偎着被子，再愣会儿神。

蚂蚁一出洞，母亲便在蚂蚁窝旁撒一把麸皮。收成好的年成会撒两把。有一年我们储备的冬粮不足，连麸皮都不敢喂牲口，留着缺粮时人调剂着吃。冬天蚂蚁出来过五次。每次母亲只抓一小撮麸皮撒在洞口。最后一次，母亲再舍不得把麸皮给蚂蚁吃。家里仅剩的半麻袋细粮被父亲扎死袋口，留着春天下地干活时吃。我们整日煮洋芋疙瘩充饥。那一次，蚂蚁从天亮出洞，有上百只，绕着墙根转了一圈又一圈，一直到天快黑时，拖着几小片洋芋皮进洞去了。

蚂蚁发现麸皮便会一拥而上，拖着，背着，几个抬着往洞里搬。跑远的蚂蚁被喊回来。在墙上的蚂蚁一蹦子跳下来。只一会儿工夫，蚂蚁和麸皮便一同消失得一干二净。蚂蚁有了吃的，便把洞口封死，很长时间不出来打搅人。

蚂蚁的洞一般从墙外通到房内，天一热蚂蚁全到屋外觅食，房子里几乎见不到一只。

我喜欢那窝小黑蚂蚁，针尖那么小的身子，走半天也走不了几尺。我早晨出门前看见一只从后墙根朝前墙这边走，下午我回来看见它还在半道上，慢悠悠地移动着身子，一点不急。似乎它已做好了长途跋涉的打算，今晚就在前面一点的地方过夜。第二天，太阳不太高时走到前墙根。天黑前争取爬过门槛，走到厨房与卧房的门口处。下一天再进卧房。不过，它要爬过卧房的门槛就得费很大功夫，先要爬上两层土块，再翻过一拃高的木门槛，还得赶早点，趁我们起来之前翻过来。厨房没有窗户，天窗也盖得很死，即使白天，门口处也很暗，我们一走动起来就难说不踩着蚂蚁。卧房比厨房大许多，从山墙经过窗户到东墙根，至少是蚂蚁两天的路程。到第五天，蚂蚁才会从东墙根往炕沿处走，经过我们家唯一的柜子。这段最好走夜路，因为是那窝大黄蚂蚁的领地，会很危险。从东边炕头往西边炕头绕回时也是两天的路，最好也晚上走，沿着炕沿，经过打着鼾声的父亲的头、母亲的头、小弟权娃的头和小妹燕子的头，爬到我的头顶时已是另一个夜晚了。这样，小蚂蚁在我们家屋内绕一圈大概用十天的时间，等它回到窝里时，那个蚂蚁世界是否已几经变故？老蚂蚁死了，小蚂蚁出生，它们会不会还认识它呢？

小黑蚂蚁不咬人。偶尔爬到人身上，好一阵才觉出一点点痒。大黄蚂蚁也不咬人，但我不太喜欢。它们到处乱跑，且跑得飞快，让人不放心。不像小黑蚂蚁，出来排着整整齐齐的队，要到哪儿就径直到哪儿。大黄蚂蚁也排队，但队形乱糟糟。好像它们的头管得不严，好像每只蚂蚁都有自己的想法。

有一年春天，我想把这窝黄蚂蚁赶走。我想了一个绝好的办法。那时蚂蚁已经把屋内的洞口封住，打开墙外的洞口，在外面活动了。我端了半盆麸皮，从我们家东墙根的蚂蚁洞口处，一点一点往前撒，撒在地上的麸皮像一根细细的黄线，绕过林带、柴垛，穿过一片长着矮草的平地，再翻过一个坑（李家盖房子时挖的），一直伸到李家西墙根。我把撒剩的小半盆麸皮全倒在李家墙根，上面撒一把土盖住。然后一趟子跑回来，观察蚂蚁的动静。

先是洞口处闲游的一只蚂蚁发现了麸皮。咬住一块拖了一下，扔下又咬另一块。当它发现有好多麸皮后，突然转身朝洞口跑去。我发现它在洞口处停顿了一下，好像探头朝洞里喊了一声，里面好像没听见，它一头钻进去，不到两秒钟，大批蚂蚁像一股黄水涌了出来。

蚂蚁出洞后，一部分忙着往洞里搬近处的麸皮，一部分顺着我撒的线往前跑。有一个先头兵，速度非常快，跑一截子，对一粒麸皮咬一口，扔下再往前跑，好像给后面的蚂蚁做记号。我一直跟着这只蚂蚁绕过林带、柴垛，穿过那片长草的平地，再翻过那个坑，到了李家西墙根，蚂蚁发现墙根的一大堆麸皮后，几乎疯狂。它抬起两个前肢，高举着跳了几个蹦子，肯定还喊出了什么，但我听不见。它跑了那么远的路，似乎一点不累，飞快地绕麸皮堆转了一圈，又爬到堆顶上。往上爬时还踩翻一块麸皮，栽了一跟头。但它很快翻过身来，向这边跑几步，又朝那边跑几步，看样子像是在伸长膀子量这堆麸皮到底有多大体积。

做完这一切，它连滚带爬从麸皮堆上下来，沿来路飞快地往回跑。没跑多远，碰到两只随后赶来的蚂蚁，见面一碰头，一只立马转头往回跑，另一只朝麸皮堆的方向跑去。往回跑的刚绕过柴垛，大批蚂蚁已沿这条线源源不断赶来了，仍看见有往回飞跑的。只是我已经分不清刚才发现麸皮堆的那只这会儿跑到哪儿去了。我返回到蚂蚁洞口时，看见一股更粗的黄泉水正从洞口涌出来，沿我撒的那一溜黄色麸皮浩浩荡荡地朝李家墙根奔流而去。

我转身进屋拿了把铁锨，当我觉得洞里的蚂蚁已出来得差不多，大部分蚂蚁已经绕过柴垛快走到李家墙根了，我便果断地动手，在蚂蚁的来路上挖了一个 1 米多长、20 厘米宽的深槽子。我刚挖好，一大群嘴里衔着麸皮的蚂蚁已翻过那个大坑涌到跟前，看见断了的路都慌乱起来。有几个，像试探着要跳过来，结果掉进沟里，摔得好一阵才爬起来，叼起麸皮又要沿沟壁爬上来，那是不可能的，我挖的沟槽下边宽上边窄，蚂蚁爬不了多高就原掉下去。

而在另一边，迟缓赶来的一小部分蚂蚁也涌到沟沿上，两伙蚂蚁隔着沟相互挥手、跳蹦子。

怎么啦?

怎么回事?

我好像听见它们喊叫。

我知道蚂蚁是聪明动物。慌乱一阵后就会自动安静下来,处理好遇到的麻烦事情。以它们的聪明,肯定会想到在这堆麸皮下面重打一个洞,筑一个新窝,窝里造一个能盛下这堆麸皮的大粮仓。因为回去的路已经断了,况且家又那么远,回家的时间足够建一个新家了。就像我们村有几户人,在野地打了粮食,懒得拉回来,就盖一间房子,住下来就地吃掉。李家墙根的地不太硬,打起洞来也不费劲。

蚂蚁如果这样去做我就成功了。

我已经看见一部分蚂蚁叼着麸皮原回到李家墙根,好像商量着就按我的思路行动了。这时天不知不觉黑了,我才发现自己跟这窝蚂蚁耗了大半天。我已经看不清地上的蚂蚁。况且,李家老二早就开始怀疑我,不住地朝这边望。他不清楚我在干什么。但他知道我不会干好事。我咳嗽了两声,装得啥事没有,踢着地上的草,绕过柴垛回到院子。

第二天一大早,我出来发现那堆麸皮不见了,一粒也没有了。从李家墙根开始,一条细细的、踩得光光的蚂蚁路,穿过大土坑,通到我挖的沟槽边,沿沟边向北伸了一米多,到没沟的地方,又从对面折回来,再穿过草滩、绕过柴垛和林带,一直通到我们家墙根的蚂蚁洞口。

一只蚂蚁都没看见。

我改变的事物

我年轻力盛的那些年，常常扛一把铁锨，像个无事的人，在村外的野地上闲转。我不喜欢在路上溜达，那个时候每条路都有一个明确去处，而我是个毫无目的的人，不希望路把我带到我不情愿的地方。我喜欢一个人在荒野上转悠，看哪儿不顺眼了，就挖两锨。那片荒野不是谁的，许多草还没有名字，胡乱地长着。我也胡乱地生活着，找不到值得一干的大事。在我年轻力盛的时候，那些很重很累人的活都躲得远远的，不跟我交手。等我老了没力气时又一件接一件来到生活中，欺负一个老掉的人。我想，这就是命运。

有时，我会花一晌午工夫，把一个跟我毫无关系的土包铲平，或在一片平地上无辜地挖一个大坑。我只是不想让一把好锨在我肩上白白生锈。一个在岁月中虚度的人，再搭上一把锨、一幢好房子，甚至几头壮牲口，让它们陪你虚晃一世，那才叫不道德呢。当然，在我使唤坏好几把铁锨后，也会想到村里老掉的一些人，没见他们干出啥大事便把自己使唤成这副样子，腰也弯了，骨头也散架了。

几年后当我再经过这片荒地，就会发现我劳动过的地上有了些变化，以往长在土包上的杂草下来了，和平地上的草挤在一起，再显不出谁高谁低。而我挖的那个大坑里，深陷着一窝子墨绿。这时我内心的激动别人是无法体会的——我改变了一小片野草的布局和长势。就因为那么几锹，这片荒野的一个部位发生变化了，每个夏天都落到土包上的雨，从此再找不到这个土包。每个冬天也会有一些雪花迟落地一会儿——我挖的这个坑增大了天空和大地间的距离。对于跑过这片荒野的一头驴来说，这点变化算不了什么，它在荒野上随便撒泡尿也会冲出一个不小的坑来。而对于世代生存在这里的一只小虫，这点变化可谓地覆天翻，有些小虫一辈子都走不了几米，在它的领地随便挖走一锹土，它都会永远迷失。

有时我也会钻进谁家的玉米地，蹲上半天再出来。到了秋天就会有一两株玉米，鹤立鸡群般耸在一片平庸的玉米地中。这是我的业绩，我为这户人家增收了几斤玉米。哪天我去这家借东西，碰巧赶上午饭，我会毫不客气地接过女主人端来的一碗粥和半块玉米饼子。

我是个闲不住的人，却永远不会为某一件事去忙碌。村里人说我是个"闲锤子"，他们靠一年年的勤劳改建了家园，添置了农具和衣服。我还是老样子，他们不知道我改变了什么。

一次我经过沙沟梁，见一棵斜长的胡杨树，有碗口那么粗吧，我想它已经歪着身子活了五六年了。我找了根草绳，拴在邻近的一棵榆树上，费了很大劲把这棵树拉直。干完这件事我就走了。两年后我回来的时候，一眼看见那棵歪斜的胡杨已经长直了，既挺拔又壮实。拉直它的那棵榆树却变歪了。我改变了两棵树的长势，而现在，谁也改变不了它们了。

我把一棵树上的麻雀赶到另一棵树上，把一条渠里的水引进另一条渠。我相信我的每个行为都不同寻常地充满意义。我是一个平常的人，住在这样一个偏僻的小村庄里，注定要无所事事地闲逛一辈子。我得给自己找点闲事，有个理由活下去。

我在一头牛屁股上拍了一锨，牛猛窜几步，落在最后的这头牛一下子到了牛群最前面，碰巧有个买牛的人，这头牛便被选中了。对牛来说，这一锨就是命运。我赶开一头正在交配的黑公羊，让一头急得乱跳的白公羊爬上去，这对我只是个小动作，举手之劳。羊的未来却截然不同了，本该下黑羊羔的那只母羊，因此只能下只白羊羔了。黑公羊肯定会恨我的，我不在乎。恨我的那只羊和感激我的那只羊，都在牧羊人的吆喝里，尘土飞扬地翻过了沙梁。

它们再被吆回来时，已是另一个黄昏了。那时我正站在另一道沙梁上，目送落日呢。没人知道这一天的太阳是我送走的。每天黄昏独自站在沙梁上，向太阳挥手告别的那个人就是我。除了我，谁会做这个事呢？家里来个客人走了，都会有人送到村头。照耀了我们一整天的太阳走了，却没有人送别。他们不干的事就是我的事。我一直看着太阳走远，当它落在地平线上，那红彤彤的半个脸庞依依不舍地看着我时，我知道这个村庄里它只认得我。因为，明天一早，独自站在村东头招手迎接日出的，肯定还是我。

当我五十岁的时候，我会很自豪地目睹因为我而成了现在这个样子的大小事物，在长达一生的时间里，我有意无意地改变了它们，让本来黑的变成白的，本来向东的去了西边……而这一切，只有我一个人清楚。

我扔在路旁的那根木头，没有谁知道它挡住了什么。它不规则地横在那里，是一种障碍，一段时光中的堤坝，又像是一截指针，一种命运的暗示。每天都会有一些村民坐在木头上，闲扯一个下午。也有几头牲口拴在木头上，一个晚上去不了别处。因为这根木头，人们坐到了一起，扯着闲话商量着明天、明年的事。因此，第二天就有人扛一架农具上南梁坡了，有人骑一匹快马上胡家海子了……而在这个下午之前，人们都没想好该去干什么。没这根木头生活可能会是另一个样子。坐在一间房子里的板凳上和坐在路边的一根木头上商量出的事肯定是完全不同的两种结果。

多少年后当眼前的一切成为结局，时间改变了我，改变了村里的一切。整个老掉的一代人，坐在黄昏里感叹岁月流逝、沧桑巨变。没人知道有些东西是被我改变的。在时间经过这个小村庄的时候，我帮了时间的忙，让该变的一切都有了变迁。我老的时候，我会说，我是在时光中活老的。

寒风吹彻

雪落在那些年雪落过的地方，我已经不注意它们了。比落雪更重要的事情开始降临到生活中。三十岁的我，似乎对这个冬天的来临漠不关心，却又一直在倾听落雪的声音，期待着又一场雪悄无声息地覆盖村庄田野。

我静坐在屋子里，火炉上烤着几片馍馍，一小碟咸菜放在炉旁的木凳上，屋里光线暗淡。许久以后我还记起我在这样的一个雪天，围抱火炉，吃咸菜啃馍馍想着一些人和事情，想得深远而入神。柴火在炉中啪啪地燃烧着，炉火通红，我的手和脸都烤得发烫了，脊背却依旧凉飕飕的。寒风正从我看不见的一道门缝吹进来。冬天又一次来到村里，来到我的家。我把怕冻的东西一一搬进屋子，糊好窗户，挂上去年冬天的棉门帘，寒风还是进来了。它比我更熟悉墙上的每一道细微裂缝。

就在前一天，我似乎已经预感到大雪来临。我劈好足够烧半个月的柴火，整齐地码在窗台下。把院子扫得干干净净，无意中像在迎接一位久违的贵宾——把生活中的一些事情扫到一边，腾出干净的一片地方来让雪落下。下午我还走出村子，到田野里转了一圈。我没顾上割回来的一地葵花秆，将在大雪中站一个冬天。每年下雪之前，都会发现有一两件顾不上干完的事而被搁一个冬天。冬天，有多少人放下一年的事情，像我一样用自己那只冰手，从头到尾地抚摸自己的一生。

屋子里更暗了，我看不见雪。但我知道雪在落，漫天地落。落在房顶和柴垛上，落在扫干净的院子里，落在远远近近的路上。我要等雪落定了再出去。我再不像以往，每逢第一场雪，都会怀着莫名的兴奋，站在屋檐下观看好一阵，或光着头钻进大雪中，好像有意要让雪知道世上有我这样一个人，却不知道寒冷早已盯住了自己活蹦乱跳的年轻生命。

经过许多个冬天之后，我才渐渐明白自己再躲不过雪，无论我蜷缩在屋子里，还是远在冬天的另一个地方，纷纷扬扬的雪，都会落在我正经历的一段岁月里。当一个人的岁月像荒野一样敞开时，他便再无法照管好自己。

就像现在，我紧围着火炉，努力想烤热自己。我的一根骨头，却露在屋外的寒风中，隐隐作痛。那是我多年前冻坏的一根骨头，我再不能像捡一根牛骨头一样，把它捡回到火炉旁烤热。它永远地冻坏在那段天亮前的雪路上了。

那个冬天我十四岁，赶着牛车去沙漠里拉柴火。那时一村人都靠长在沙漠里的梭梭柴取暖过冬。因为不断砍挖，有柴火的地方越来越远，往往要用一白天加一半夜时间才能拉回一车柴火。每次去拉柴火，都是母亲半夜起来做好饭，装好水和馍馍，然后叫醒我。有时父亲也会起来帮我套好车。我对寒冷的认识是从那些夜晚开始的。

牛车一走出村子，寒冷便从四面八方拥围而来，把我从家里带出的那点温暖搜刮得一干二净，浑身上下只剩下寒冷。

那个夜晚并不比其他夜晚更冷。

只是我一个人赶着牛车进沙漠。以往牛车一出村，就会听到远远近近的雪路上其他牛车的走动声，赶车人隐约的吆喝声。只要紧赶一阵路，便会追上一辆或好几辆去拉柴的牛车，一长串，缓行在铅灰色的冬夜里。那种夜晚天再冷也不觉得。因为寒风在吹好几个人，同村的、邻村的、认识和不认识的好几架牛车在这条夜路上抵挡着寒冷。

而这次，一野的寒风吹着我一个人。似乎寒冷把其他一切都收拾掉了。现在全部地对付我。

我披紧羊皮大衣，一动不动趴在牛车里，不敢大声吆喝牛，免得让更多的寒冷发现我。从那个夜晚我懂得了隐藏温暖——在凛冽的寒风中，身体中那点温暖正一步步退守到一个隐秘的、连我自己都难以找到的深远处——我把这点隐深的温暖节俭地用于此后多年的爱情和生活。我的亲人们说我是个很冷的人，不是的，我把仅有的温暖全给了你们。

许多年后有一股寒风，从我自以为火热温暖的、从未被寒冷浸入的内心深处阵阵袭来时，我才发现穿再厚的棉衣也没用了。生命本身有一个冬天，它已经来临。

天亮后，牛车终于到达有柴火的地方。我的一条腿却被冻僵了，失去了感觉。我试探着用另一条腿跳下车，拄着一根柴火棒活动了一阵，又点了一堆火烤了一会儿，勉强可以行走了，腿上的一块骨头却生疼起来，是我从未体验过的一种疼，像一根根针刺在骨头上又狠命往骨髓里钻——这种疼感一直延续到以后所有的冬天以及夏季里阴冷的日子。

太阳落地时，我装着半车柴火回到家里，父亲一见就问我：怎么拉了这点柴，不够两天烧的。我没吭声。也没向家里说腿冻坏的事。

我想很快会暖和过来。

那个冬天要是稍短些，家里的火炉要是稍旺些，我要是稍把这条腿当回事，或许我能暖和过来。可是现在不行了。隔着多少个季节，今夜的我，围抱火炉，再也暖不热那个遥远冬天的我，那个在上学路上不慎掉进冰窟窿、浑身是冰往回跑的我，那个踩着冻僵的双脚、捂着耳朵在一扇门外焦急等待的我……我再不能把他们唤回到这个温暖的火炉旁。我准备了许多柴火，是准备给这个冬天的。我才三十岁，肯定能走过冬天。

但在我周围，肯定也有人不能像我一样度过冬天。他们被留住了。冬天总是一年一年地弄冷一个人，先是一条腿、一块骨头、一副表情、一种心境……尔后整个人生。

我曾在一个寒冷的早晨，把一个浑身结满冰霜的路人让进屋子，给他倒了一杯热茶。那是个上了年纪的人，身上带着许多个冬天的寒冷，当他坐在我的火炉旁时，炉火须臾间变得苍白。我没有问他的名字，在火炉的另一边，我感觉到迎面逼来的一个老人的透骨寒气。

他一句话不说。我想他的话肯定全冻硬了，得过一阵才能化开。

大约坐了半个时辰，他站起来，朝我点了一下头，开门走了。我以为他暖和过来了。

第二天下午，听人说村西边冻死了一个人。我跑过去，看见这个上了年纪的人躺在路边，半边脸埋在雪中。

我第一次看到一个人被冻死。

我不敢相信他已经死了。他的生命中肯定还深藏着一点温暖，只是我们看不见。一个人最后的微弱挣扎我们看不见，呼唤和呻吟我们听不见。

我们认为他死了。彻底地冻僵了。

他的身上怎么能留住一点点温暖呢？靠什么去留住，他的烂了几个洞、棉花露在外面的旧棉衣？底快磨通、一边帮已经脱落的那双鞋？还有，他多少个冬天积累起来的彻骨寒冷？

落在一个人一生中的雪，我们不能全部看见。每个人都在自己的生命中，孤独地过冬。我们帮不了谁。我的一小炉火，对这个贫寒一生的人来说，显然微不足道。他的寒冷太巨大。

我有一个姑妈，住在河那边的村庄里，许多年前的那些个冬天，我们兄弟几个常走过封冻的玛河去看望她。每次临别前，姑妈总要说一句：天热了让你妈过来喧喧。

姑妈年老多病，她总担心自己过不了冬天。天一冷她便足不出户，偎在一间矮土屋里，抱着火炉，等待春天来临。

一个人老的时候，是那么渴望春天来临。尽管春天来了她没有一片要抽芽的叶子，没有半瓣要开放的花朵。春天只是来到大地上，来到别人的生命中。但她还是渴望春天，她害怕寒冷。

我一直没有忘记姑妈的这句话，也不止一次地把它转告给母亲。母亲只是望望我，又忙着做她的活。母亲不是一个人在过冬，她有五六个没长大的孩子，她要拉扯着他们度过冬天，不让一个孩子受冷。她和姑妈一样期盼着春天。

天热了，母亲会带着我们，蹚过河，到对岸的村子里看望姑妈。姑妈也会走出蜗居一冬的土屋，在院子里晒着暖暖的太阳和我们说说笑笑……多少年过去了，我们一直没有等到这个春天。好像姑妈那句话中的"天"一直没有热。

姑妈死在几年后的一个冬天。我回家过年，记得是大年初四，我陪着母亲沿一条即将解冻的马路往回走。母亲在那段路上告诉我姑妈去世的事。她说："你姑妈死掉了。"

母亲说得那么平淡，像在说一件跟死亡无关的事情。

"怎么死的？"我似乎问得更平淡。

母亲没有直接回答我。她只是说："你大哥和你弟弟过去帮助料理了后事。"

此后的好一阵，我们再没说话，只顾静静地走路。快到家门口时，母亲说了句：天热了。

我抬头看了看母亲，她的身上散着热气，或许是走路的缘故，不过天气真的转热了。对母亲来说，这个冬天已经过去了。

"天热了过来喧喧。"我又想起姑妈的这句话。这个春天再不属于姑妈了。她熬过了许多个冬天还是被这个冬天留住了。我想起奶奶也是死在多年前的冬天。母亲还活着。我们在世上的亲人会越来越少。我告诉自己，不管天冷天热，我都常过来和母亲坐坐。

母亲拉扯大她的七个儿女。她老了。我们长高长大的七个儿女，或许能为母亲挡住一丝的寒冷。每当儿女们回到家里，母亲都会特别高兴，家里也顿添热闹的气氛。

但母亲斑白的双鬓分明让我感到她一个人的冬天已经来临，那些雪开始不退、冰霜开始不融化——无论春天来了，还是儿女们的孝心和温暖备至。

随着三十年的人生距离，我感受着母亲独自在冬天的透心寒冷。我无能为力。

雪越下越大。天彻底黑透了。

我围抱着火炉，烤热漫长一生的一个时刻。我知道这一时刻之外，我其余的岁月，我的亲人们的岁月，远在屋外的大雪中，被寒风吹彻。

谁的影子

那时候，喜欢在秋天的下午捉蜻蜓，蜻蜓一动不动趴在向西的土墙上，也不知哪儿来那么多蜻蜓，一个夏天似乎只见过有数的几只，单单地，在草丛和庄稼地里飞，一转眼便飞得不见。或许秋天人们将田野里的庄稼收完草割光，蜻蜓没地方落了，都落到村子里。一到下午几乎家家户户每一堵朝西的墙壁上都趴满了蜻蜓，夕阳照着它们透明的薄翼和花丝各异的细长尾巴。顺着墙根悄悄溜过去，用手一按，就捉住一只。捉住了也不怎么挣扎，一只捉走了，其他的照旧静静趴着。如果够得着，搭个梯子，把一墙的蜻蜓捉光，也没一只飞走的。好像蜻蜓对此时此刻的阳光迷恋至极，生怕一拍翅，那点暖暖的光阴就会飞逝。蜻蜓飞来飞去最终飞到夕阳里的一堵土墙上。人东奔西走最后也奔波到暮年黄昏的一截残墙根。

捉蜻蜓只是孩子们的游戏，长大长老的那些人，坐在墙根聊天或打盹，蜻蜓趴满头顶的墙壁，趴在黄旧的帽檐上，像一件精心的刺绣。人偶尔抬头看几眼，接着打盹或聊天，连落在鼻尖上的蚊子，也懒得拍赶。仿佛夕阳已短暂到无法将一个动作做完，一口气吸完。人、蜻蜓和蚊虫，在即将消失的同一缕残阳里，已无从顾及。

　　也是一样的黄昏，从西边田野上走来一个人，个子高高的，扛着锨，走路一摇一晃。他的脊背趴满晒太阳的蜻蜓，他不知觉。他的衣裳和帽子，都被太阳晒黄。他的后脑勺晒得有些发烫。他正从西边一个大斜坡上下来，影子在他前面，长长的，已经伸进家。他的妻子在院子里，做好了饭，看见丈夫的影子从敞开的大门伸进来，先是一个头——戴帽子的头。接着是脖子，弯起的一只胳膊和横在肩上的一把锨。她喊孩子打洗脸水："你爸的影子已经进屋了。快准备吃晚饭了。"

　　孩子打好水，脸盆放在地上，跑到院门口，看见父亲还在远处的田野里走着，独独的一个人，一摇一晃。他的影子像一渠水，悠长地朝家里流淌着。

　　那是谁的父亲？

　　谁的母亲在那个门朝西开的院子里，做好了饭？谁站在门口朝外看？谁看见了他们……他停住，像风中的一片叶子停住、尘埃中的一粒土停住，茫然地停住——他认出那个院子了，认出那条影子尽头扛锨归来的人，认出挨个摆在锅台上的八只空碗，碗沿的豁口和细纹，认出铁锅里已经煮熟冒出香味的晚饭，认出靠墙坐着抽烟的大哥，往墙边抬一根木头的三弟、四弟，把木桌擦净一双一双总共摆上八双筷子的大妹梅子，一只手拉着母亲后襟嚷着吃饭的小妹燕子……

　　他感激地停留住。

一个人的村庄（节选）

我出去割草，去得太久，我会将钥匙压在门口的土坯下面。我一共放了四块土坯迷惑外人，东一块，西一块，南北各一块。有一年你回来，搬开土坯，发现钥匙锈迹斑斑，一场一场的雨浸透钥匙，使你顿觉离家多年。又一年，土坯下面是空的，你拍打着院门，大声喊我的名字。那时村里已没几户人家，到处是空房子，到处是无人耕种的荒地，你趴在院墙外，像个外人，张望我们生活多年的旧院子，泪眼涔涔。

芥，我说不准离家的日子，活着活着就到了别处。我曾做好一生一世的打算在黄沙梁等你，你知道的，我没这个耐力，随便一件小事都可能把我引向无法回来的远处。在过去的几十年里，村里人就是为一些小事情一个一个地走得不见了。以致多少年后有人问起走失的这些人，得到的回答仍旧是：

他割草去了。

她浇地去了。

人们总是把割草浇地这样的事看得太随便平常。出门时不做任何准备，不像出远门那样安顿好家里的一切。往往是凭一个念头，也不跟家里人打声招呼，提一把镰刀或扛一把锹就出去了，一天到晚也不见回来，一两年过去了还没有消息。许多人就是这样被留在了远处。他们太小看这些活计了，总认为三下五下就能应付掉。事实上随便一件小事都能消磨掉人的一辈子，随便一片树叶落下来都能盖掉人的一辈子。在我们看不见的角角落落里，我们找不到的那些人，正面对着这样那样的一两件小事，不知不觉地过去了一辈子。连抬头看一眼天的时间都没有，更别说地久天长地想念一个人。

我最终也一样，只能剩一院破旧的空房子和一把锈迹斑斑的钥匙——我让你熟悉的不知年月的这些东西在黄沙梁，等待遥无归期的你。我出去割草。我有一把好镰刀，你知道的。

多少年前的一个下午，村子里刮着大风，我爬到房顶，看一天没回家的父亲，我个子太矮，站在房顶那截黑乎乎的烟囱上，踮起脚朝远处望。当时我只看见村庄四周浩浩荡荡的一片草莽。风把村里没关好的门窗甩得啪啪直响，连一个人影都看不见，满天满地都是风声，我害怕得不敢下来。

我母亲说，父亲是天刚亮时扛一把锹出去的。父亲每天都是这个时候出去。我们从来不知道他在侍弄哪块地。只记得过不了多长时间，父亲的那把锹就磨得不能使了。他在换另一把锹时，总是坐在墙根那块石板上，一遍又一遍地刮磨那根粗糙的新锹把，干得认真而仔细。有时他抬头看看玩耍的我们，也偶尔使唤我给他端碗水拿样工具。我们还小，不知道堆在父亲一生里的那些活，他啥时候才能干完，更不知道有一件活会把父亲永远留在一块地里。

多少年来我总觉得父亲并没有走远，他就在村庄附近的某一块地里，某一片密不透风的草莽中，无声地挥动着铁锨。他干得忘记了时间，忘记了家和儿女，也忘记了累。多少年后我在这片荒野上游荡，有一天，在草莽深处我看见翻得整整齐齐的一大片耕地，我一下认出这是父亲干的活。我跑过去，扑在地上大喊父亲、父亲……我听见我的声音被另一个我接过去，向荒野尽头传递。我站起来，看见父亲的那把铁锨插在地头上，木把已朽。我知道父亲已经把活干完了，他正在回家的路上。我也该回家看看了。我记不清自己游荡了多少年，只觉得我的身体在荒野上没日没夜地飘游，没有方向，没有目的，也不知道累，若不是父亲翻虚的这片地挡住我，若不是父亲插在地头的铁锨提醒我，我就无边无际地游荡下去了。

芥，那时候家里只剩了你。我的兄弟们都不知到哪里去了，他们也和父亲一样，某个早晨扛一把锨出去，就再不回来了。我怎么也找不到他们。黄沙梁附近新出现了好多村子，我的兄弟们或许隐姓埋名生活在另一个村庄了。有些人就是喜欢把自己的一生像件宝贝似的藏起来不让人看，藏得深而僻远。

我记得三弟曾对我说过，一个人就这么可怜巴巴的一辈子，为啥活给别人看呢。三弟是在父亲走失后不久说这句话的，那时我就料到，三弟迟早会把自己的一生藏起来。没想到我的兄弟们都这样小气地把自己的一辈子藏在荒野中了。

我把钥匙压在门口的土坯下面，我做了这个记号给你，走出很远了又觉得不踏实。你想想，一头爱管闲事的猪可能会将钥匙拱到一边，甚至吞进嘴中嚼几下，咬得又弯又扁。一头闲溜达的牛也会一蹄子下去，把钥匙踩进土中。最可怕的是被一个玩耍的孩子捡走，走得很远，连同他的童年岁月被扔到一边。多少年后，这把钥匙被一个有贼心的人捡到，定会拿着它挨家挨户地试探，在人们都不在的一天，从村子一头开始，一把锁一把锁地乱捅。尤其没开过的锁，往里捅时带着点阻力，涩涩地，能勾起人的兴致。即使根本捅不进去，他也要硬塞几下。一把好钥匙就这样被无端磨损，变细、变短，成为废物。遭它乱捅的锁孔，却变得深大而松弛，这种反向的磨损使本来亲密无间的东西日渐疏离。爱情也是这样。这么多年我循序渐进地深入你，是我把你造就得深远又宽柔。我创造了一个我到达不了的远方，挖了一口自己探不到底的深井。在这个漫长过程中我自己被消损得短而细小。爱情的距离就这样产生了。

　　早晨微明的天色透进窗户，你坐起身，轻轻移开我压在你腹部的一条腿。

　　你说：那块地都荒掉了。

　　哪块地？我似醒非醒地问你。

　　接着我听见锄头和铁锨轻碰的声音、开门的声音。

　　我醒来时不知是哪一个早晨，院子扫得干干净净，柴垛得整整齐齐，细绳上晾晒着洗干净的哪个冬天的厚重棉衣。你不在了。

　　村子里依旧刮着大风，我高晃晃地站在房顶朝四处望。风穿过空洞的门窗发出呜呜的鬼叫声。已经多少年了，每次爬上房顶我都在想，有一天我一定提一把镰刀出去，把村庄周围的草全都割倒。至少，割出一个豁口，割开一条道。我父亲走失的第五年，有一天，我在房顶上看见村西边的沙沟里有一片草在摇动。我猛然想到是不是父亲，我记得母亲说过，你父亲就喜欢扛一把锹在乱草中倒腾，他时不时地在一片草莽中翻出块地来，胡乱地撒些种子，就再不管了。吃午饭时，母亲又说：爬到房顶看看，哪片草动弹肯定是你父亲。

我翻过沙梁，一头钻进密密麻麻的深草。草高过了头顶，我感到每一株草都能把我挡到一边，我只有一株草一株草地拨开它们。结果我找到了一头驴。我认出是几年前王五家丢掉的那头，当时王五家为了这头驴惊动了方圆几百里，几乎远远近近每一条路上都把守着王五家的亲戚，村里每一户人家都被怀疑。没想到驴就藏在离王五家不远的一摊荒草中，几年间它没移动几步，嘴边就是青草，卧在地上左一口右一口就能吃饱肚子，对驴来说这是多好的日子。它当然不愿再回到村里去受苦。可王五家却惨了，本该驴做的事情都由王五家的人分担去做了。才几年工夫王五的腰就躬成驴背了。我出于好心把驴拉了回去送给王五家。王五的婆姨抱着驴脖子哭了好一阵，驴被感动了似的也吭哧地叫起来。王五的婆姨哭够了转过身来，用一双泥糊糊的眼睛瞪着我说：

你爹出去几年了。

五年了。我说。

那就对了。王五的婆姨一拍巴掌，说。

我家的驴也丢掉整整五年了，肯定是你爹把我家的驴拉出去使唤了五年，使唤成老驴了，才让你给送过来。你说，是不是。

　　芥，我记得我们种过一块地，离村庄很远。一个春天的早晨我们赶马车出去，绕过沙梁后走进一片白雾蒙蒙的草地，马打着响鼻。我趴在装满麦种的麻袋上，你躺在我身旁。我清楚地记得有一股大风刮过你的嘴唇，朝我的眼睛里吹拂，我什么都看不见了，只闻到一股熟悉的来自遥远山谷的芬芳气息。马车猛然间颠簸起来，一上一下，一高一低，一起一伏，我忘掉了时间，忘掉了路。不知道车又拐了多少个弯，爬了几道梁，过了几条沟。后来车停了下来，我抬起头，看见一望无际的一片野地。

　　芥，我一直把那一天当成一场梦，再想不起那片野地的方向和位置。我们做着身边手边的事，种着房前屋后的几小块地，多少个季节过去了，我似乎已经忘记我们曾无边无际地播种过一片麦子。我只依稀记得我们卸下农具和种子时，有一麻袋种子漏光在路上了。

　　后来我们往回走时，路上密密麻麻长满了麦子。我们漏在路上的麦种，在一场雨后全都长了出来，沿路弯弯曲曲一直生长到家门口，我们一路收割着回去。芥，我一直不敢相信的一段经历你却把它当真了。你背着我暗暗记住了路。那个早晨，我在睡意蒙眬中听见你说：那块地长荒了。我竟没想到你在说那一片麦地。现在，你肯定走进那片无边无际的麦地中了。

　　我带走了狗，我不知道你何时回来，狗留在家里，狗会因怀念而陷入无休止的回忆。跟了我二十年的一条狗，目睹一个人的变化。二十年岁月把一个青年变成壮年，继而老态龙钟。狗对自己忠诚的怀疑将与年俱增。在狗眼里，人一生中的不同时期是不同面孔的好几个人。它忠心尾随的那个面孔的人，随着年月渐渐就不见了。取而代之的是另一副面孔另一番心境的一个人，还住在这个院子，还种着这块地。狗永远不能理解沧桑这回事。一个跟随人一辈子的忠犬，在它的自我感觉中已几易其主，它弄不清人一生中哪个时期的哪副面孔是它真正的主人。

狗留在家里，就像你漂泊在外，是我最放心不下的心事。

一条没有主人的狗，一条穷狗，会为一根干骨头走村串巷，挨家乞讨，备受人世冷暖，最后变得世故，低声下气，内心充满怨恨与感激。感激给过它半嘴馊馍的人，感激没用土块追打过它的人，感激垃圾堆中有一点饭渣的那户人。感激到最后就没有了狗性，没有一丁点怨恨，有怨也再不吭声，不汪不吠。游荡一圈回到空荡荡的窝中，见物思人，主人的身影在狗脑子里渐渐怀念成一个幻影，一个不真实的梦。

这还不是最重要的。你回来晚了，狗老死在窝里，它没见过你的狗子狗孙们把守着院子。它们没有主人，纯粹是一群野狗，把你的家当狗窝，不让你进去。

家是很容易丢掉的，人一走，家便成一幢空房子。锁住的仅仅是一房子空气，有腿的家具不会等你，有轱辘的木车不会等你，你锁住一扇门，到处都是路，一切都会走掉。门上的红油漆沿斑驳的褪色之路，木梁沿坑坑洼洼的腐朽之路，泥墙沿深深浅浅的风化之路，箱子里的钱和票据沿发黄的作废之路……无穷无尽地走啊。

辑二

只有故土

风中的院门

我知道哪个路口停着牛车，哪片洼地的草一直没有人割。黄昏时夕阳一拃一拃移过村子。我知道夕阳在哪堵墙上照的时间最长。多少个下午，我在村外的田野上，看着夕阳很快地滑过一排排平整的高矮土墙，停留在那堵裂着一条斜缝、泥皮脱落的高大土墙上。我同样知道那个靠墙根晒太阳的老人她弥留世间的漫长时光。她是我奶奶。天黑前她总在那个墙根等我，她担心我走丢了，认不得黑路。可我早就知道天从哪片地里开始黑起，夜晚哪颗星星下面稍亮一些，天黑透后最黑的那一片就是村子。再晚我也能回到家里。我知道那扇院门虚掩着，刮风时院门一开一合，我站在门外，等风把门刮开。我一进去，风又很快把院门关住。

永远一样的黄昏

每天这个时辰，当最后一缕夕阳照到门框上，我就回来，赶着牛车回来，吆着羊群回来，背着柴火回来。父亲母亲、弟弟妹妹都在院子，黄狗芦花鸡还没回窝休息。全是一样的黄昏。一样简单的晚饭——面条、馍馍、白菜——我永远能赶上的一顿晚饭，使劳累一天的家人聚在一起，总是吃到很晚。父亲靠着背椅，母亲坐在小板凳上，儿女们蹲在土块和木头上，吃空的碗放在地上，没有收拾。一家人静静待着，天渐渐黑了，谁也看不见谁了，还静静待着。油灯在屋子里，没人去点着。也没人说一句话。

另外一个黄昏，夕阳在很远处，被阴云拦住，没有照到门框上。天又低又沉。满院子的风。很大的树枝和叶子，飘过天空。院门一开一合，啪啪响着。顶门的木棍倒在地上。一家人一动不动坐在院子。天眼看要黑。天就要黑。我们等这个时辰，它到了我们还在等，黑黑地等。像在等家里的一个人。好像一家人都在。又好像有一个没回来。谁没有回来？风呜呜地刮。很大的树枝和叶子，接连不断地飘过头顶。

　　风给你开门，给你关门。

　　很多年前，我们都在的时候，我们开始了等候。那时我们似乎已经知道，日后能够等候我们的，依旧是静坐在那些永远一样的黄昏里，一动不动的我们自己。

树会记住许多事

如果我们忘了在这地方生活了多少年，只要锯开一棵树，院墙角上或房后面那几棵都行，数数上面的圈就大致清楚了。

树会记住许多事。

其他东西也记事，却不可靠。譬如路，会丢掉人的脚印，会分叉，把人引向歧途。人本身又会遗忘许多人和事。当人真的遗忘了那些人和事，人能去问谁呢。

问风。

风从不记得那年秋天顺风走远的那个人。也不会在意它刮到天上飘远的一块红头巾，最后落到哪里。风在哪儿停住，哪儿就会落下一堆东西。我们丢掉找不见的东西，大都让风挪移了位置。有些多年后被另一场相反的风刮回来，面目全非躺在墙根，像做了一场梦。有些在昏天暗地的大风中飘过村子，越走越远，再也回不到村里。

树从不胡乱走动。几十年、上百年前的那棵榆树，还在老地方站着。我们走了又回来。担心墙会倒塌、房顶被风掀翻卷走、人和牲畜四散迷失，我们把家安在大树底下，房前屋后栽许多树，让它们快快长大。

　　树是一场朝天刮的风。刮得慢极了。能看见那些枝叶挨挨挤挤向天上涌，都踏出了路，走出了各种声音。在人的一辈子里，能看见一场风刮到头，停住。像一辆奔跑的马车，甩掉轮子，车体散架，货物坠落一地，最后马扑倒在尘土里，伸长脖子喘几口粗气，然后死去。谁也看不见马车夫在哪里。

　　风刮到头是一场风的空。

　　树在天地间丢了东西。

　　哥，你到地下去找，我向天上找。

　　树的根和干朝相反方向走了，它们分手的地方坐着我们一家人。父亲背靠树干，母亲坐在小板凳上，儿女们蹲在地上或木头上。刚吃过饭，还要喝一碗水。水喝完还要再坐一阵。院门半开着，看见路上过来过去几个人、几头牛。也不知树根在地下找到什么。我们天天往树上看，似乎看见那些忙碌的枝枝叶叶没找见什么。

　　找到了它就会喊，把走远的树根喊回来。

　　父亲，你到土里去找，我们在地上找。

　　我们家要是一棵树，先父下葬时我就可以说这句话了。我们也会像一棵树一样，伸出所有的枝枝叶叶去找，伸到空中一把一把抓那些多得没人要的阳光和雨，捉那些闲得打盹的云，还有鸟叫和虫鸣，抓回来再一把一把扔掉。不是我要找的，不是的。

　　我们找到天空就喊你，父亲。找到一滴水一束阳光就叫你，父亲。我们要找什么？

多少年之后我才知道，我们真正要找的，再也找不回来的，是此时此刻的全部生活。它消失了，又正在被遗忘。

那根躺在墙根的干木头是否已将它昔年的繁枝茂叶全部遗忘？我走了，我会记起一生中更加细微的生活情景，我会找到早年落到地上没看见的一根针，记起早年贪玩没留意的半句话、一个眼神。当我回过头去，我对生存便有了更加细微的热爱与耐心。

如果我忘了些什么，匆忙中疏忽了曾经落在头顶的一滴雨、掠过耳畔的一缕风，院子里那棵老榆树就会提醒我。有一棵大榆树靠在背上（就像父亲那时靠着它一样），天地间还有哪些事情想不清楚呢？

我八岁那年，母亲随手挂在树枝上的一个筐，已经随树长得够不着。我十一岁那年秋天，父亲从地里捡回一捆麦子，放在地上怕鸡叨吃，就顺手夹在树杈上，这个树杈也已将那捆麦子举过房顶，举到了半空中。这期间我们似乎远离了生活，再没顾上拿下那个筐，取下那捆麦子。它一年一年缓缓升向天空的时候我们似乎从没看见。

现在那捆原本金黄的麦子已经发灰，麦穗早被鸟啄空。那个筐里或许盛着半筐干红辣皮、几个苞谷棒子，筐沿满是斑白鸟粪，估计里面早已空空的了。

我们竟然有过这样富裕漫长的年月，让一棵树举着沉甸甸的一捆麦子和半筐干红辣皮，一直举过房顶，举到半空喂鸟吃。

"我们早就富裕得把好东西往天上扔了。"

许多年后的一个早春。午后，树还没长出叶子。我们一家人坐在树下喝苞谷糊糊。白面在一个月前就吃完了。苞谷面也余下不多，下午饭只能喝点糊糊。喝完了碗还端着，要愣愣地坐好一会儿，似乎饭没吃完，还应该再吃点什么，却什么都没有了。一家人像在想着什么，又像啥都不想，脑子空空地呆坐着。

大哥仰着头，说了一句话。

我们全仰起头，这才看见夹在树杈上的一捆麦子和挂在树枝上的那个筐。

如果树也忘了那些事，它早早地变成了一根干木头。

"回来吧，别找了，啥都没有。"

树根在地下喊那些枝和叶子。它们听见了，就往回走。先是叶子，一年一年地往回赶，叶子全走光了，枝杈便枯站在那里，像一截没人走的路。枝杈也站不了多久。人不会让一棵死树长时间站在那里。它早站累了，把它放倒，可它已经躺不平，身躯弯扭得只适合立在空气中。我们怕它滚动，一头垫半截土块，中间也用土块堰住。等过段时间，消闲了再把树根挖出来，和躯干放在一起，如果它们有话要说，日子长着呢。一根木头随便往哪儿一扔就是几十年光景。这期间我们会看见木头张开许多口子，离近了能听见木头开口的声音。木头开一次口，说一句话。等到全身开满口子，木头就没话可说了。我们过去踢一脚，敲两下，声音空空的。根也好，干也罢，里面都没啥东西了。即便无话可说，也得面对面待着。一个榆木疙瘩，一截歪扭树干，除非修整院子时会动一动。也许还会绕过去。谁会管它呢？在它身下是厚厚的这个秋天、很多个秋天的叶子。在它旁边是我们一家人、牲畜。或许已经是另一户人。

我受的教育

我会慢慢悟知你对我的全部教育。这一生中，我最应该把那条老死窝中的黑狗称师傅，将那只爱藏蛋的母鸡叫老师。它们教给我的，到现在我才用了十分之一。

如果再有一次机会出生，让我在一根木头旁待二十年，我同样会知道世间的一切道理。这里的每一件事物都蕴含了全部。

一头温顺卖力的老牛教会谁容忍。一头犟牛身上的累累鞭痕让谁体悟到不顺从者的罹难和苦痛。树上的鸟也许养育了叽叽喳喳的多舌女人。卧在墙根的猪可能教会了闲懒男人。而遍野荒草年复一年荣枯了谁的心境。一棵墙角土缝里的小草单独地教育了哪一个人。天上流云东来西去带走谁的心。东荡西荡的风孕育了谁的性情。起伏向远的沙梁造就了谁的胸襟。谁在一声虫鸣里醒来，一声狗吠中睡去。一片叶子落下谁的一生。一粒尘土飘起谁的一世。

谁收割了黄沙梁后一百年里的所有收成，留下空荡荡的年月等人们走去。

最终是那个站在自家草垛粪堆上眺望晚归牛羊的孩子，看到了整个的人生世界。那些一开始就站在高处看世界的人，到头来只看见一些人和一些牲口。

村庄的头

谁是你伸向天空的手——炊烟、树、那根直戳戳插在牛圈门口的榆木桩子，还是我们无意中踩起的一脚尘土？

谁是你永不挪动却转眼间走过许多年的那只脚——盖房子时垫进墙基的沙石、密密麻麻扎入土地的根须、那些深陷泥泞的马蹄牛蹄？或许它一直在用一只蚊子的细腿走路。一只蚂蚁的脚或许就是村庄的脚。它不停地走，还在老地方。

谁是你默默注视的眼睛呢。

那些晃动在尘土中的驴的、马的、狗的、人和鸡的头颅中，哪一颗是你的头呢？

我一直觉得扔在我们家房后面那颗从来没人理识的榆木疙瘩，是这个村庄的头。它想了多少年事情。一只鸡站在上面打鸣又拉粪，一个人坐在上面说话又放屁，一头猪拱翻它，另一面朝天。一个村庄的头低埋在尘土中，想了多少年事情。

谁又是你高高在上的魂呢？

如果你仅仅是些破土房子、树、牲畜和人，如果你仅仅是一片含沙含碱的荒凉土地，如果你真的再没有别的，这么多年我为什么总忘不掉你呢？

为啥我一定要回到你的旧屋檐下听风躲雨，坐在你的破墙根晒最后的日头呢？

别处的太阳难道不照我，别处的风难道不吹我的脸和衣服？

我为啥一定要在你的坑洼路上把腿走老，在你弥漫尘土和麦香的空气中闭上眼，忘掉呼吸？

我很小的时候，从一棵草、一只鸡、一把铁锨、半碗米开始认识你。当我熟悉你所有的事物，我想看见另一种东西，它们指给我——那根拴牛的榆木桩一年一年地指着高处，炊烟一日一日地指向高处，所有草木都朝高处指。

我仰起头，看见的不再是以往空虚的天际。

只有故土

我熟悉你褐黄深厚的壤土，略带碱味的水和干燥温馨的空气，熟悉你天空的每一朵云、夜夜挂在头顶的那几颗星星。我熟悉你沟梁起伏的田野上的每一样生物、傍晚袅袅的炊烟中人说话的声音、牛哞声、开门和关门的声音……

在黄沙梁，我夕阳一样熄灭的目光会在第二天早晨，重新照亮村子，散落尘间的音容笑貌是一粒粒的种子。当我消失，我又回到你一年一度、生生不息的轮回中，回到你最初的充满幻想与欢喜的孕育中。回啊，如果有第二次，如果真有第二次，我还从你这里开始——像再长出麦子和玉米，再结出苹果和草籽，再开放兰花和月季一样，让你再生出我。

我的故乡母亲啊，当我在生命的远方消失，我没有别的去处，只有回到你这里——我没有天堂，只有故土。

只剩下风

我想听见风从很远处刮来的声音，听见树叶和草屑撞到墙上的声音，听见那根拴牛的榆木桩直戳戳划破天空的声音。

什么都没有。

只有空气，空空地跑过去。像黑暗中没有偷到东西的一个贼。

西边韩三家院子只剩下几堵破墙，东边李家的房子倒塌在乱草里，风从荒野到荒野，穿过我们家空荡荡的院子。再没有那扇一开一合的院门，像个笨人掰着手指一下一下地数着风。再没有圈棚上的高高草垛，让每一场风都撕走一些、再撕走一些，把呜呜的撕草声留在夜里。

风刮开院门时一种声音，父亲夜里起来去顶住院门时又是另一种声音——风被挡住了。风在院门外喊，像我们家的一个人回来晚了，进不了门。我们在它的喊声里醒来，听见院门又一次被刮开，听见风呼呼地鼓满院子，顶门的歪木棍扑腾倒在地上，然后一声不吭。它是歪的，滚不动。

我一直清楚地记得父亲在深夜走过院子的情景，记得风吹刮他衣服的声音。他或许躬着腰，一手按着头上的帽子，一手捂着衣襟，去关风刮开的院门。刮风的夜晚我们都不敢出去，或者装睡不愿出去。躺在炕上，我听见父亲在院子里走动，听见他的脚步被风刮起来，像树叶一样一片接一片飘远。

那样的夜晚我总有一种隐隐的担心。门大敞着，我总是害怕父亲会顶着风走出院门，走过马路，穿过路那边韩三家的院子，一直走进西边的荒野里，再不回来。

许多年前，先父就是在这样一个深夜（深得都快看见曙色了），独自从炕上坐起来，穿好衣裳出去，再没有回来。那时我太小了，竟没听见他开门关门的声音，没听见他走过窗口的脚步和轻微的一两声咳嗽。或许我听见了。肯定听见了。只是我还不能从记忆里认出它们。

那时候，一刮风我便能听见远远近近的各种声音。地下密密麻麻的树根将大地连接在一起，树根之间又有更密麻的草根网在一起，连树叶也都相连着，刮风时一片叶子一动，很快碰动另一片，另一片又碰动另一片，一会儿工夫，百里千里外的树叶像骨牌一样全哗啦啦动起来。那时我耳朵贴在黄沙梁任何一棵树根上，就能听见百里外另一棵树下的动静。那时我随便守住一件东西，就有可能知道全部。

可是现在不行了，什么都没有了。大树被砍光，树根朽在地里。草成片枯死。土地龟裂成一块一块的。能够让我感知大地声息的那些事物消失了，只剩下风，它已经没有内容。

谁喊住我

　　我或许不会按我想象的方式轻易死去。死亡不是我的敌人，不需要我用一生的欢乐与幸福去抵消对付它。

　　我死的时候，我一世的麦场已收拾干净。

　　这边，是打得干干净净的饱满麦粒。

　　那边，是垛得高高的金色麦草垛。

　　我离去时，我的翅膀已长成。那日日升起的炊烟早已为我铺好天路。

　　当我走了，那摊芦草会记得我。那棵被我无意踩倒又长起来、身子歪斜的碱蒿会记得我。那棵树会记得我。当树被砍掉，树根会记得我。根被挖了，留在地上的那个坑会不会记得我？树根下的土会不会记得我？

　　多少年后我如烟似风的魂飘过时，谁会喊住我。谁会依旧如故地让我认得我的前世。

　　能挡住我风一样的魂的，必定是那堵残破不倒的土墙，能缠住我烟一般的魄的，除了年复一年的草木，除了一朝一夕的炊烟，又会是谁呢。

我认识的人们不会在那时候，站在村头。和他们相貌一样的子子孙孙会在这片土地上来回走动。他们说话的声音不会让我陌生。在那些院子和田野里，人们依旧干着多少年前我干过的那些事，吃着多少年前我吃过的那些食物。我依旧会在那时的微风里，闻到米饭和拉面的香味，闻到炒土豆和酸白菜的香味，闻到酒、烟叶和清茶的香味……我在虚茫的飘游中必然被它们唤醒。我会激动。无由无端地感激我曾实实在在经历的一切。它让风中缥缈的我逐渐有了意识。让早已成一缕烟一粒尘土的我，突然间有别于其他的烟和尘土。

它停住。

可是，在我消失的另一世还有芦苇和铃铛草吗？还有尘土和露水吗？还有天空、鸟群、风和风中的院门吗？

在那里，我能看见的只是万物的魂和根须。开花和结果将成为我所不知的深埋世间的隐秘。

今生今世的证据

我走的时候，我还不懂得怜惜曾经拥有的事物，我们随便把一堵院墙推倒，砍掉那些树，拆毁圈棚和炉灶，我们想它没用处了。我们搬去的地方会有许多新东西。一切都会再有的，随着日子一天天好转。

我走的时候还不知道向那些熟悉的东西去告别，不知道回过头说一句：草，你要一年年地长下去啊。土墙，你站稳了，千万不能倒啊。房子，你能撑到哪一年就强撑到哪一年，万一你塌了，可千万把破墙圈留下，把朝南的门洞和窗口留下，把墙角的烟道和锅头留下，把破瓦片留下，最好留下一小块泥皮，即使墙皮全脱落光，也在不经意的、风雨冲刷不到的那个墙角上，留下巴掌大的一小块吧，留下泥皮上的烟垢和灰，留下划痕、朽在墙中的木锨和铁钉，这些都是我今生今世的证据啊。

我走的时候，我还不知道曾经的生活，有一天会需要证明。

有一天会再没有人能够相信过去。我也会对以往的一切产生怀疑。那是我曾有过的生活吗？我真看见过地深处的大风？更黑，更猛，朝着相反的方向，刮动万物的骨骸和根须。我真听见过一只大鸟在夜晚的叫声？整个村子静静的，只有那只鸟在叫。我真的沿那条黑寂的村巷仓皇奔逃？背后是紧追不舍的瘸腿男人，他的那条好腿一下一下地捣着地。我真的有过一棵自己的大榆树？真的有一根拴牛的榆木桩？它的横杈直端端指着我们家院门，找到它我便找到了回家的路。还有，我真沐浴过那样恒久明亮的月光？它一夜一夜地已经照透墙、树木和道路，把银白的月辉渗浸到事物的背面。在那时候，那些东西不转身便正面背面都领受到月光，我不回头就看见了以往。

现在，谁还能说出一棵草、一根木头的全部真实。谁会看见一场一场的风吹旧墙、刮破院门，穿过一个人慢慢松开的骨缝，把所有所有的风声留在他的一生中。

这一切，难道不是一场一场的梦。如果没有那些旧房子和路，没有扬起又落下的尘土，没有与我一同长大仍旧活在村里的人、牲畜，没有还在吹刮着的那一场一场的风，谁会证实以往的生活——即使有它们，一个人内心的生存谁又能见证？

我回到曾经是我的现在已成别人的村庄。只几十年工夫，它变成另一个样子。尽管我早知道它会变成这样——许多年前他们往这些墙上抹泥巴、刷白灰时，我便知道这些白灰和泥皮迟早会脱落得一干二净。他们打那些土墙时我便清楚这些墙最终会回到土里——他们挖墙边的土，一截一截往上打墙，还喊着打夯的号子，让远远近近的人都知道这个地方在打墙盖房子了。墙打好后每堵墙边都留下一个坑，墙打得越高坑便越大越深。他们也不填它，顶多在坑里栽几棵树，那些坑便一直在墙边等着，一年又一年，那时我就知道一个土坑漫长等待的是什么。

但我却不知道这一切面目全非、行将消失时，一只早年间日日以清脆嘹亮的鸣叫唤醒人们的大红公鸡、一条老死窝中的黑狗、每个午后都照在（已经消失的）门框上的那一缕夕阳……是否也与一粒土一样归于沉寂。还有，在它们中间悄无声息度过童年、少年、青年时光的我，他的快乐、孤独、无人感知的惊恐与激动……对于今天的生活，它们是否变得毫无意义。

当家园废失，我知道所有回家的脚步都已踏踏实实地迈上了虚无之途。

最后时光

我梦见自己，又在天上飞。

我曾无数次飘飞过的村庄田野，我那样地注视过你记住你一草一木的眼睛、只有梦中才飘升到你上头饱受你风吹雨淋的身体，将全部地归还给你。

当我成一锹土，我会不会比现在知道得更多。我努力地就要明白你的一切时，却已经成为你田野上的一粒土。下一个春天，我将被翻过去，被雨一遍遍淋湿，也将在一场一场的风中走遍你的沟沟梁梁。

那时，我或许已经是你的全部。

或许永永远远，只是你广袤田野上的沙土，在此后无尽的年月里，被像我一样的农人翻来覆去。

现在，让我再飞一次。

那是你的夜空，干净、透明。所有的尘埃沉落下去，飞得最高的草叶已经落回大地。我在这样的深夜，孤独地飞过这个镰刀状的村子。

我一回头，看见我前世的一双巨翅，深灰色的，风中的门一样一开一合——我是否一直在用它的力量，在今生的梦中飞翔。

黄沙梁，当我忘记时间，没有把最后的时光留给你。当我即将离开，我会祈求你再给我完整的一个日子。

让我天不亮早早醒来，看见柴垛东边的启明星。让我听见第一声鸡叫，一出门碰到露水青草，再开一次院门，放进鸟和风。再摸一回顶门的木棍。

我拿过多少回的那根木棍，抓手处的木节都已磨光磨平。它的另一头我或许从未曾触摸，它抵着地的那头，多么遥远陌生。多少年，多少个天亮天黑反反复复的挪动间，我都没来得及把手伸到一根短短木棍的另一端——那个不经意的小弯，没脱净的一块粗糙树皮，哪年的一片灰黄油渍……让我小心地伸手过去，触到那头的土和泥，摸摸那个扎手的节疤和翘刺，轻轻抚过那道早年的不知疼痛的深深斧印。

我将不再走远。静坐在墙根，晒着太阳，在一根歪木棍旁把你给我的一天过完——这样平平常常的一天在多少年前，好像永远过不完、熬不到边。

最后，让我在最后的时光回到屋子里，点着炉火，像往常的每一次。无数次。

天已经全黑。

看不见的人此刻清楚明白地坐在家里。

看不见的路已到达目的。

我将顺着你黑暗中的一缕炊烟，直直地飘升上去——我选择这样离去是因为，我没有另外的路途——我将逐渐地看不见你，看不见你亮着的窗户，看不见你的屋顶、麦场和田地。

我将忘记。

当我到达，我在尘烟中熏黑的脸和身体，已经留给你，名字留给你。我最后望见你的那束目光将会消失，离你最远的一颗星将会一夜一夜地望着你的房顶和路。

那时候，你的每一声鸡鸣，每一句牛哞，每一片树叶的摇响都是我的招魂曲。在穿过茫茫天宇的纷杂声音中，我会独独地，认出你的狗吠和鸡鸣、你的开门声、你的铁勺和瓷碗的轻碰厮磨……我将幸福地降临。

辑三

新疆时间

一切都没有过去

　　我对库车的兴趣缘于许多年前的一次南疆之行。那时我刚从新疆北部一个偏僻的小村庄走出，天山以南的南疆对我来讲还是一片完全陌生的地域，我对迎面而来的更广阔无边的戈壁荒漠惊叹不已。那是一次漫长而紧促的行旅，几千公里的路途，几乎没有在哪儿停顿过，沿途一阵风一样穿过的那些维吾尔族人居住的村落城镇，就像曾经的梦境般熟悉亲切。低矮破旧的土房子、深陷沙漠的小块田地、环屋绕树的袅袅炊烟，以及赶驴车下地的农人——仿佛我是生活其中的一个人，又永远地置身其外。一切都像一场梦一样飘忽，一阵风一样没有着落。也许为弥补那次行旅的紧促，梦中我又沿那条长路走过无数次。

　　记得我们在一个周五的黄昏到达库车老城，满街的毛驴车正在散去。那是老城每周一次的巴扎（集市）日。我们停车在库车河边，在写有"龟兹古渡"桥头旁的一家维吾尔饭馆吃晚饭，街上一片零乱，没卖掉的农具、手工制品和农产品正被收拾起来，装上毛驴车。赶集的人渐渐走散，消失在夕阳尘土里，临街的门窗悄然关闭，仿佛库车的热闹到此为止。只有街对面，一位维吾尔族妇女依旧端坐在那里，她的褐色纱巾一直垂到膝盖，卖剩的半筐馕摆在面前，街上离散的人群似乎跟她没有关系。

那时我对库车的历史知之甚少，现在仍不会知道更多。除了史书上有关库车——古龟兹国的一些片段文字，以及残存在这块土地上让人吃惊的千佛洞窟和古城遗址，库车的历史从来就没被谁清晰地看见过。

而比历史更近的，坐在街边卖馕的那个维吾尔族妇女的生活，已经离我十分遥远了。在我看来，她披在头上的纱巾并不比两千年的历史帷幕单薄。她从哪里来，她叫什么名字，在这座老城的低矮土巷里，她过着怎样一种生活。她的红柳条筐是千年前的模样，她卖剩的馕仿佛放了几个世纪。还有，那纱巾后面，一双怎样的眼睛在看着我们，看着这个黄昏人世。

我禁不住走过去，向她买一块馕。多少钱一个？我想听见纱巾背后的声音，却没有，她只微微抬臂，伸出一个指头。我递给她一块钱。

那块馕上肯定落了一天的尘土，我看不见。馕是麦黄色的。她递给我时用手拍打了两下，我接过来，也学她的样子拍打两下，又嘴对着吹了几口，也不见有土吹打下来，只有昏黄的暮色落在上面。

我转过身，街上已经空荡荡了，临街的几家饭馆亮起了灯。我们原打算在库车住一夜，吃了一大盘抓饭后，都有了精神，便又决定继续赶路，库车城就这样埋在身后的长夜里。

那时我想，我或许是一个运气不好的人，紧赶慢赶，赶在了一个黄昏末世。我喜欢的那些延续久远的东西正在消失，而那些新东西，过多少年才会被我熟悉和认识。我不一定会喜欢未来，我渴望在一种人们过旧的年月里安置心灵和身体。如果可能，我宁愿把未来送给别人，只留下过去，给自己。

库车老城是一处难得的昔年旧址。我想象中的古老生活，似乎就在那些土街土巷里完整地保存着。有时我会想起那个卖馕的维吾尔族妇女，她纱巾后面的一双眼睛，她永远卖不完、剩下一个等着谁的麦黄圆馕。想起摆在老城街边的手工农具、铜器，那一切，会不会在我偶然途经的那个黄昏，永远消失？

直到这次，我再来到库车，看到多年前我一晃而过的老城还在那里。穿城而过的库车河，龟兹古渡，清真寺，满街的毛驴车，仿佛时光在这里停住，一切都没有过去，只有我的年华在流失。

随着中年来临，我正一点点地接近那些古老事物。我和它们就像曾经沧海的一对老人一样一见如故。我走了那么多地方，看了那么多书，思考了那么多事情，到头来我的想法和那个坐在街边打盹的老人一模一样。你看他一动不动，就到了我一辈子要走到的地方。

而我，还在半路上呢。

最后的铁匠

铁匠比那些城外的农民们，更早地闻到麦香。在库车，麦芒初黄，铁匠们便打好一把把镰刀，等待赶集的农民来买。铁匠赶着季节做铁活，春耕前打犁铧、铲子，刨锄子和各种农机具零件。麦收前打镰刀。当农民们顶着烈日割麦时，铁匠已转手打制刨地挖渠的砍土曼了。

铁匠们知道，这些东西打早了没用。打晚了，就卖不出去，只有挂在墙上等待明年。

吐尔洪·吐迪是这个祖传十三代的铁匠家庭中最年轻的小铁匠。他十三岁跟父亲学打铁，今年二十四岁，成家一年多了，有个不到一岁的儿子。吐尔洪说，他的孩子长大后说啥也不能打铁了，教他好好上学，出来干别的去。吐尔洪说他当时就不愿学打铁，父亲却硬逼着他学。打铁太累人，又挣不上钱。他们家打了十几代铁了，还住在这些破烂房子里，他结婚时都没钱盖一间新房子。

吐尔洪的父亲吐迪·艾则孜也是十二三岁学打铁。吐迪的父亲是库车城里有名的铁匠，一年四季，来定做铁器的人络绎不绝。那时的家境比现在稍好一些，妇女们在家做饭看管孩子，从不到铁匠炉前去干活。父亲的一把锤子养活一家人，日子还算过得去。吐迪也是不愿跟父亲学打铁，没干几天就跑掉了。他嫌打铁锤太重，累死累活挥半天才挣几块钱，他想出去做买卖。父亲给了他一点钱，他买了一车西瓜，卸在街边叫卖。结果，西瓜一半是生的，卖不出去。生意做赔了，才又垂头丧气回到父亲的打铁炉旁。

父亲说，我们就是干这个的，祖宗给我们选了打铁这一行都快一千年了，多少朝代灭掉了，我们虽没挣到多少钱，却也活得好好的。只要一代一代把手艺传下去，就会有一口饭吃。我们不干这个干啥去。

吐迪就这样硬着头皮干了下来，从父亲手里学会了打制各种农具。父亲去世后，他又把手艺传给四个弟弟和一个妹妹。他们又接着往下一辈传。如今在库车老城，他们家族共有十几个打铁的。吐迪的两个弟弟和一个侄子，跟他同在沙依巴克街边的一条小巷子里打铁，一人一个铁炉，紧挨着。吐迪和儿子吐尔洪的炉子在最里边，两个弟弟和侄子的炉安在巷口，一天到晚炉火不断，铁锤叮叮当当。吐迪的妹妹在另一条街上开铁匠铺，是城里有名的女铁匠，善做一些小农具，活做得精巧细致。

吐迪说他儿子吐尔洪，砍土曼打得可以，打镰刀还不行，欠点功夫。铁匠家有自己的规矩，每样铁活都必须学到师傅满意了，才可以另立铁炉去做活。不然学个半吊子手艺，打的镰刀割不下来麦子，那会败坏家族的荣誉。吐迪是这个家族中最年长者，无论说话还是教儿子打镰刀，都一脸严肃。他今年五十六岁，看上去还很壮实。他正把自己的手艺一样一样地传给儿子吐尔洪·吐迪。从打最简单的蚂蟥钉，到打砍土曼、镰刀，但吐迪·艾则孜知道，有些很微妙的东西，是无法准确地传给下一代的。铁匠活就这样，锤打到最后越来越没力气。每一代间都在失传一些东西。比如手的感觉，一把镰刀打到什么程度刚好。尽管手把手地教，一双手终究无法把那种微妙的感觉传给另一双手。

还有，每一把镰刀面对的广阔田野，各种各样的人，都会不一样，因为每一只用镰刀的手不一样，每只手的习惯不一样。打镰刀的人，靠一双手，给千万只不一样的手打制如意家什。想到远近田野里埋头劳作的那些人，劲大的、劲小的，女人、男人、未成年的孩子……铁匠的每一把镰刀，都针对他想到的某一个人。从一块废铁烧红，落下第一锤，到打成成品，铁匠心中首先成形的是用这把镰刀的那个人。在飞溅的火星和叮叮当当的锤声里，那个人逐渐清晰，从远远的麦田中直起身，一步步走近。这时候铁匠手中的镰刀还是一弯扁铁，但已经有了雏形，像一个幼芽刚从土里长出来。铁匠知道它会长成怎样的一把大弯镰，铁匠的锤从那一刻起，变得干脆有力。

这片田野上，男人大多喜欢用大弯镰，一下搂一大片麦子，嚓的一声割倒——大开大合的干法。这种镰刀呈抛物型，镰刀从把手伸出，朝后弯一定幅度，像铅球运动员向后倾身用力，然后朝前直伸而去，刀刃一直伸到用镰者性情与气力的极端处。每把大镰刀又都有微小的差异。也有怜惜气力的人，用一把半大镰刀，游刃有余。还有人喜欢蹲着干活，镰刀小巧，一下搂一小把麦子，几乎能数清自家地里长了多少棵麦子。还有那些妇女们，用耳环一样弯弯的镰刀，搂过来的每株麦穗都不会散落。

　　打镰刀的人，要给每一只不同的手准备镰刀，还要想到左撇子、反手握镰的人。一把镰刀用五年就不行了，砍土曼用七八年。五年前在这儿买过镰刀的那些人，今年又该来了，还有那个短胳膊买买提，五年前定做过一只长把子镰刀，也该用坏了。也许就这一两天，他正筹备一把镰刀的钱呢。这两年棉花价不稳定，农民一年比一年穷。麦子一公斤才卖几毛钱。割麦子的镰刀自然卖不上好价。七八块钱出手，就算不错。已经好几年，一把镰刀卖不到十块钱。什么东西都不值钱，杏子一公斤四五毛钱。卖两筐杏子的钱，才够买一把镰刀。因为缺钱，一把该扔掉的破镰刀也许又留在手里，磨一磨再用一个夏季。

　　不论什么情况，打镰刀的人都会将这把镰刀打好，挂在墙上等着。不管这个人来与不来。铁匠活不会放坏。一把镰刀只适合某一个人，别人不会买它。打镰刀的人，每年都剩下几把镰刀，等不到买主。它们在铁匠铺黑黑的墙壁上，挂到明年，挂到后年，有的一挂多年。铁匠从不轻易把他打的镰刀毁掉重打，他相信走远的人还会回来。不管过去多少年，他曾经想到的那个人，终究会在茫茫田野中抬起头来，一步一步向这把镰刀走近。在铁匠家族近一千年的打铁历史中，还没有一把百年前的镰刀剩到今天。

　　只有一回，吐迪的太爷撑锤时，给一个左撇子打过一把歪把子大弯镰。那人交了两块钱定金，便一去不回。吐迪的太爷打好镰刀，等了一年又一年，等到太爷下世，吐迪的爷爷撑锤，他父亲跟着学徒时，终于等来一个左撇子，他一眼看上那把镰刀，二话没说就买走了。这把镰刀等了整整六十七年，用它的人终于又出现了。

在那六十七年里，铁匠每年都取下那把镰刀敲打几下。打铁的人认为，他们的敲打声能提醒远近村落里买镰刀的人。他们时常取下找不到买主的镰刀敲打几下，每次都能看出一把镰刀的欠缺处：这个地方少打了两锤，那个地方敲偏了。手工活就是这样，永远都不能说完成，打成了还可打得更精细。随着人的手艺进步和对使用者的认识理解的变化，一把镰刀可以永远地敲打下去。那些锤点，落在多少年前的锤点上。叮叮当当的锤声，在一条窄窄的胡同里流传，后一声追赶着前一声。后一声仿佛前一声的回音。一声比一声遥远、空洞。仿佛每一锤都是多年前那一锤的回声，一声声地传回来，沿我们看不见的一条古老胡同。

吐迪·艾则孜打镰刀时眼皮低垂，眯成细细弯镰的眼睛里，只有一把逐渐成形的镰刀。儿子吐尔洪就没这么专注了，手里打着镰刀，心里不知道想着啥事情，眼睛东张西望。铁匠炉旁一天到晚围着人，有来买镰刀的，有闲着没事看打镰刀的。天冷了还是烤火的好地方，无家可归的人，冻极了挨近铁匠炉，手伸进炉火里燎两下，又赶紧塞回袖筒赶路去了。

麦收前常有来修镰刀的乡下人，一坐大半天。一把卖掉的镰刀，三五年后又回到铁匠炉前，用得豁豁牙牙，木把也松动了。铁匠举起镰刀，扫一眼就能认出这把是不是自己打的。旧镰刀扔进炉中，烧红、修刃、淬火，看上去又跟新的一样。修一把旧镰刀一两块钱，也有耍赖皮不给钱的，丢下一句好话就走了，三五年不见面，直到镰刀再次用坏。一把镰刀顶多修两次，铁匠就再不会修了。修好一把旧镰刀，就等于少卖一把新的。

　　吐迪家的每一把镰刀上，都留有自己的记痕。过去三十年五十年，甚至一二百年，他们都能认出自己家族打制的镰刀。那些记痕留在不易磨损的镰刀臂弯处，像两排月牙形的指甲印，千年以来他们就这样传递记忆。每一代的印记都有所不同，一样的月牙形指甲印，在家族的每一个铁匠手里排出不同的形式。没有具体的图谱记载每一代祖先打出的印记是怎样的形式。这种简单的变化，过去几代人数百年后，肯定会有一个后代打在镰刀弯臂上的印记与某个祖先的完全一致，冥冥中他们叠合在一起。那把千年前的镰刀，又神秘地、不被觉察地握在某个人手里。他用它割麦子、割草、芟树枝、削锨把……千百年来，就是这些永远不变的事情在磨损着一把又一把镰刀。

　　打镰刀的人把自己的年年月月打进黑铁里，铁块烧红、变冷、再烧红，锤子落下、挥起、再落下。这些看似简单、千年不变的手工活，也许一旦失传便永远地消失了，我们再不会找回它。那是一种生活方式。它不仅仅是架一个打铁炉，掌握火候，把一块铁打成镰刀这样简单的一件事。更重要的是打铁人长年累月、一代一代积累下来的那种心理，通过一把镰刀对世界人生的理解与认识，到头来真正失传的是这些东西。

　　吐尔洪·吐迪家的铁匠铺，还会一年一年敲打下去。打到他跟父亲一样的年岁还有几十年时间呢，到那时不知生活变成什么样子。他是否会像父亲一样，虽然自己当初不愿学打铁，却又硬逼着儿子去学这门累人的笨重手艺。在这段漫长的铁匠生涯中，一个人的想法或许会渐渐地变得跟祖先一样古老。不管过去多少年，社会怎样变革，人们总会在一生的某个时期，跟远在时光那头的祖先们，想到一起。

吐尔洪会从父亲吐迪那里，学会打铁的所有手艺，他是否再往下传，就是他自己的事了。那片田野还会一年一年地生长麦子，每家每户的一小畦麦地，还要用镰刀去收割。那些从铁匠铺里，一锤一锤敲打出来的镰刀，就像一弯过时的月亮，暗淡、古老、陈旧，却不会沉落。

五千个买买提

巴扎日，站在库车河大桥上喊一声买买提，至少有五千个人答应。

维吾尔人重名多。无论走到南疆哪座城镇、哪个乡村，都有许多叫库尔班、司马义、玉素甫这些名字的人。

叫买买提的人就更多了。

库车老城短短的一条小街上，就有几十个做生意的买买提。这么多买买提怎么区分呢。我的维语翻译库尔班·买买提是县政府退休干部，他父亲就叫买买提。维吾尔人的起名习惯是把父亲的名字缀在后面。库尔班在库车工作生活了几十年，他认识的买买提就有上千个。一天我们转累了，在老城街边的"买买提饭馆"吃烤包子，然后就听他讲起有关买买提的故事。

这家饭馆的老板就叫买买提，你看，脖子上搭块毛巾，又黑又壮的那个，人们叫他"喀拉买买提"，意思是"黑买买提"。那个倒茶的伙计，白白胖胖的，都叫他"阿克买买提"（白买买提）。

街对面那两个卖馕的买买提，一大一小，大的叫"琼买买提"（大买买提），小的叫"克齐克买买提"（小买买提）。大家都这样叫，他们也就接受了。要不然没办法，叫一个买买提，过来一群。

还有按职业来区分的。街南边，那个小巷子里打铁的买买提叫"铁匠买买提"。整天穿着制服，在街上收税的买买提叫"工商局的买买提"。斜对过的市场里，一排坐着五个鞋匠，其中有两个买买提。如果都叫"鞋匠买买提"，便又分不清了。正好一个从轮台来的，轮台的补鞋生意全叫其他省份来的鞋匠抢了，他只好跑到库车。库车老城的鞋匠全是维吾尔族人，他们牢牢占据着墙根街角的有利位置，靠一毛钱两毛钱的小生意维持生计。人们叫他"买买提比古勒"（轮台的买买提）。

更多的是以外号来区分，这条街上几乎每个人都有外号。

街那头，拐过去那条小巷子里，有个做驴拥子的买买提，有名的酒鬼，做一个驴拥子，能喝掉两瓶酒。他的驴拥子顶多能换回酒钱。所以，做了大半辈子皮活，还是个穷光蛋。

他做驴拥子时，酒瓶子酒碗放在身边，缝几针，喝一口。一拃长的大铁针，穿上鞋带一般粗的皮条线，针用得发烫了就伸进酒碗里蘸一下。买他的驴拥子根本不用看，鼻子凑上去闻一下，一股酒香气，压过皮子的膻臊味。这样的拥子驴也爱戴，人自然喜欢买。有趣的是，买买提酒喝得越多，皮活做得越细。两瓶酒下肚，身子不晃，手不抖，针脚走得又匀又细，驴拥子上的酒香味也更足。人们给他的外号叫"肖旁"（酿酒房）——买买提肖旁。

还有一个买买提，整天没事干，在街上闲转，看哪家饭馆哪个烤肉摊上有认识的人，就凑上去白吃白喝。人们都叫他"哈勒达"（口袋）。

另外一个爱混饭吃的买买提，混了一个"波劳"（抓饭）的外号。他的真名都没人叫了。

早几年，街上有个卖烤肉的买买提，每逢巴扎日，他的烤肉摊前便摆满卖衣服杂货的地摊。他发现有个卖"卡拉西"（套鞋）的，生意特好，他卖十串烤羊肉，人家就卖两三双套鞋，他过去一打问，人家卖一双套鞋挣的钱，比他卖十串烤肉的利润还高。买买提一下子动心了，烤肉炉子停掉，租了辆卡车，从乌鲁木齐贩了一车"卡拉西"，堆在烤肉炉子旁叫卖。

当地的维吾尔人喜欢在鞋或靴子外套一双鞋，主要为了保护皮靴子。套鞋多用橡胶制作，一种圆头的叫"玉德克卡拉西"，套在马靴或皮鞋外面穿。一种尖头的叫"买赛卡拉西"，套在较体面的软底皮靴上，多为老年人和阿訇穿。伊斯兰教徒到清真寺做礼拜，要脱鞋才能进大殿。如果穿高勒儿皮鞋，外面套套鞋，只需脱掉套鞋便可进入，没穿套鞋的则要全部脱掉。

到维吾尔人家做客，有穿鞋上炕的习惯，光脚上炕被认为是不礼貌。炕上铺地毯或花毡，穿鞋上去很容易弄脏。所以，有了套鞋便方便了，上炕只需脱掉套鞋就可以了。

那些土巷土路上行走的维吾尔人，雨天蹚泥，晴天蹚土，幸亏有一双套鞋护着鞋子。维吾尔人爱惜自己的鞋子，一双好皮靴穿半辈子，套鞋磨破一双又一双，皮靴的底还好好的，跟新的一样。

买买提的那一车套鞋却把自己套了进去，他进价太高，没人要。嗓子都叫哑了，也没卖掉几双。全库车人都知道这条街上有个卖烤肉的买买提，卸了一大车"卡拉西"在卖，却没人过来买一双，人们给他起了个外号，叫"卡拉西"。尽管他现在早不卖套鞋，又架起炉子卖烤肉了，人们还这样叫他，恐怕要叫一辈子。

还有一些买买提，名字后面缀上自己妻子的名字，就像买买提·阿依古丽、买买提·热依汗。都是些没名气的买买提，一没特长，二没缺陷，不好区别。妻子的名声都比他大，只好把妻子的名字带上，不然就混到千万个买买提中找不见了。

重名的女人更多。库车四十万人，二十万女人，大概有十万个"古丽"（花朵）。要区分起来，比买买提更复杂，也更有意思。好在我们一辈子认识不了多少个古丽，那些千姿百态争芳斗妍的古丽，见一面就能记住，有多少也不会忘记。

尘　土

那些一有动静、一只驴蹄子就能踩起来的尘土是买买提、阿不拉江、卡斯木，他们在这条老街上还有一二十年的年轻日子。从街这头窜到那头，一会儿工夫，像小毛驴一样有朝气。他们喝酒、打架、玩女人、做骗人生意，在这条街上，他们的青春多么陈旧，早就有人像他们一样生活过，那些不再新鲜的快乐，依旧吸引着下一代人。男人们，年轻的时候吃喝玩乐，无所事事。过了四十岁，戒酒，戒烟，改掉不良习气，清真寺成了每日的去处。腿走不动时想到了回家。身体变老时就会操劳心灵的事。半个子生命扔给喧闹尘世，半个子留给上天真主。

那颗落定不动，不管刮多大风，过去多少头毛驴都不会飘起的尘土，是库尔班大叔。他此刻就坐在尘土飞扬的街边，看街上行人，看耗掉他一生的短短街道，看他再也无力追求的漂亮女人们。

十二岁时他在这条街南头帮别人卖馕，十七岁到乡下帮人种了两年麦子，十九岁回到老城，在库车河边那群游手好闲的青年中混日子。喝酒,偷鸽子,勾引女孩。二十三岁结婚,那时他想有件正经事干了,找到一家饭馆做帮厨,炒菜、拉面、烤薄皮包子。三十岁时开始自己做生意,骑一辆破摩托车,到乡下收皮子,驮到街上倒卖。也收一些古董,汉代钱币,明清瓷器,更多是伊斯兰风格的铜器和地毯。四十岁时他已经有五个孩子,三男两女。

现在他七十八岁,牙已经掉了九颗。孩子全长大了,最大的儿子已经五十多岁。他们分了家自己生活。库尔班又变成一个人,坐在老街的尘土里。他时常一动不动,除了清真寺的喊唤,引领他的身心朝西跪拜,再没有任何事情能够使唤动他的身体。他说,他还想娶一个洋岗子(媳妇),啥都有,房子、床、果树、力气,就是没钱了。全花光了。

老街上最多的就是老人。他们或蹲或坐,或缓缓行走。胡大(真主)有意让这些穷人们在没多少财富的世间待长些日子。馕、酽茶、拉面,这些简单的食物能让他们吃到一百多岁,只剩下半颗牙。一天三顿饭,有时不知哪顿在哪里吃,每日的乃玛孜(礼拜),无论走到哪里,都不会耽误,简单铺一块布,面朝西,就地做起。

生命如此漫长,除了青春短促,年轻人在迅速老去,女人的青春像一阵风飘向远处。那些美丽的女孩子:阿依古丽、左克拉古丽、热孜古丽……她们的美丽终生只能看见一次,一朵一朵的花儿开败在巷子深处。独享花容的男人们,早晨出去,卖一张羊皮回来,妻子就老掉了,母羊下了两只羔子。男人们到七十岁还不老,卡瓦提八十二岁又娶了一个三十岁的洋岗子。一茬一茬的美貌女子,都让他们赶上了。

通往田野的小巷

顺着一条巷子往前走，经过铁匠铺、馕坑、烧土陶的作坊，不知不觉地，便进入一片果园或苞谷地。八九月份，白色、红色的桑葚斑斑点点熟落在地。鸟在头顶的枝叶间鸣叫，巷子里的人家静悄悄的。很久，听见一辆毛驴车的声音，驴蹄滴答滴答地点踏过来，毛驴小小的，黑色，白眼圈，宽长的车排上铺着红毡子，上搭红布凉棚。赶车的多为小孩和老人，坐车的，多是些丰满漂亮的女人，服饰艳丽，爱用浓郁香水，一路过去，留香数里，把鸟的头都熏晕了。如果不是巴扎日，老城的热闹仅在龟兹古渡两旁，饭馆、商店、清真寺、手工作坊，以及桥上桥下的各种民间交易。这一块是库车老城跳动不息的古老心脏，它的头是昼夜高昂的清真大寺，它的手臂背在身后，双腿埋在千年尘土里，不再迈动半步。

库车城外的田野更像田野，田地间野草果树杂生。不像其他地方的田野，是纯粹的庄稼世界。

在城郊乌恰乡的麦田里，芦苇和种类繁多的野草，长得跟麦子一样旺势。高大的桑树杏树耸在麦田中间。白杨树挨挨挤挤围拢四周，简直像一个植物乐园。桑树、杏树虽高大繁茂，却不欺麦子。它的根直扎下去，不与麦子争夺地表层的养分。在它的庞大树冠下，麦子一片油绿。

库车农民的生活就像他们的民歌一样缓慢悠长。那些毛驴，一步三个蹄印地走在千年乡道上，驴车上的人悠悠然然，再长的路，再要紧的事也是这种走法。不管太阳什么时候出来，又什么时候落山。田地里的杂草，就在他们的缓慢与悠然间，生长出来，长到跟麦子一样高，一样结饱籽粒。

在这片田野里，一棵草可以放心地长到老而不必担心被人铲除。一棵树也无须担忧自己长错位置，只要长出来，就会生长下去。人的粮食和毛驴爱吃的杂草长在同一块地里。鸟在树枝上做窠，在树下的麦田捉虫子吃，有时也啄食半黄的麦粒，人睁一眼闭一眼。库车的麦田里没有麦草人，鸟连真人都不怕，敢落到人的帽子上，敢把窝筑在一伸手就够到的矮树枝上。

一年四季，田野的气息从那些弯曲的小巷吹进老城。杏花开败了，麦穗扬花。桑葚熟落时，葡萄下架。靠农业养活、以手工谋生的库车老城，它的每一条巷子都通往果园和麦地。沿着它的每一条土路都走回到过去。毛驴车，这种古老可爱的交通工具，悠悠晃晃，载着人们，在这块绿洲上，一年年地原地打转。永远跑不快，跑不了多远。也似乎不需要跑多快多远。

不远的绿洲之外，是荒无人烟的戈壁沙漠。

龟兹驴志

　　库车四十万人口，四万头驴。每辆驴车载十人，四万驴车一次拉走全县人，这对驴车来说不算太超重。1944 年全县人口十万，驴二万五千头，平均四人一驴。在克孜尔石窟壁画中有《商旅负贩图》，画有一人一驴，驴背驮载着丝绸之类的货物，这幅一千多年前的壁画是否在说明那时的人驴比例：一人一驴。

　　文献记载，公元三世纪，库车驴已作为运输工具奔走在古丝绸道上。库车驴最远走到了哪里谁也说不清楚。解放初期，解放军调集南疆数十万头毛驴，负粮载物紧急援藏，大部分是和田喀什驴，库车毛驴征去多少无从查证。数十万头驴几乎全部冻死在翻越莽莽昆仑的冰天雪地。库车驴的另一次灾难在二十世纪五六十年代，当时政府嫌库车驴矮小，引进关中驴交配改良。结果，改良后的驴徒有高大躯体，却不能适应南疆干旱炎热的气候，更不能适应库车田野的粗杂草料，改良因此中止。库车驴这个古老品种有幸保留下来。

　　在库车数千年历史中，曾有好几种动物与驴争宠。马、牛、骆驼，都曾被人重用，而最终毛驴站稳了脚跟。其他动物几乎只剩下名字，连蹄印都难以找到了。这是人的选择，还是毛驴的智谋？

据《大唐西域记》记载，库车城北山中有大龙池，池中的龙善于变化，常变成马，"交合牝马，遂生龙驹，乖戾难驭"，所以龟兹以盛产骏马闻名西域。那时当是马的世界，骆驼亦显赫其中。毛驴躲在阴暗角落，默默无闻，等待出头之日。龟兹城中无水井，妇女们要到龙池边汲水，那条交合过牝马的龙又变成男人，与女人交合。结果生出的全是龙种，能像马一样跑得飞快，个个恃武好强，不受国王管束。国王无奈，只好"引构突厥，杀此城人"，龙驹也受牵连，剥皮宰肉，剩下乖巧听说的小黑毛驴。这条好色之龙，又幻化成驴形，与母驴交合，公驴不愿意，遂四处鸣叫，召集千万头，屁股对着龙池放草屁。池水被熏臭，龙招架不住，沉入池底，千余年未露头。驴的贞操被保住，其乖巧天性得以代代相传。

如今的库车已是全疆有名的毛驴大县。每逢巴扎日，千万辆驴车拥街挤巷，前后不见首尾，没有哪种牲畜在人世间活出这般壮景。羊跟人进了城便变成肉和皮子，牛牵到巴扎上也是被宰卖，鸡、鸽子，大都有去无回。只有驴，跟人一起上街，又一起回到家。虽然也有驴市买卖，只是换个主人。维吾尔族人禁吃驴肉，也不用驴皮做皮具，驴可以放心大胆活到老。驴越老，就越能体会到自己比其他动物活得都好。

库车看上去就像一辆大驴车，被千万头毛驴拉着。除了毛驴，似乎没有哪种机器可以拉动这架千年老车。

在阿斯坦街紧靠麻扎的一间小铁匠房里，九十五岁的老铁匠孕依提，打了七十多年的驴掌，多少代驴在他的锤声里老死。孕依提的眼睛好多年前就花了，他戴着一副几乎不透光的厚黑墨镜，闭着眼也能把驴掌打好，在驴背上摸一把，便知道这头驴长什么样的蹄子，用多大号的掌。

他的两个儿子在隔壁一间大铁匠房里打驴掌，兄弟二人又雇了两个帮工的，一天到晚生意不断。大儿子一结婚便跟父亲分了家，接着二儿子学成手艺单干，剩老父亲一人在那间低暗的小作坊里摸黑打铁。只有他们俩知道，父亲的眼睛早看不见东西了，当他戴着厚黑墨镜，给那些老顾客的毛驴钉掌时，他们几乎看不出孕依提的眼睛瞎了。两个儿子也从没把这件事告诉任何人，让人知道了，老父亲就没生意了。

孕依提对毛驴的了解，已经达到了多么深奥的程度，他让我这个自以为"通驴性的人"望尘莫及。他见过的驴，比我见过的人还多呢。

早年，库车老城街巷全是土路时，一副驴掌能用两三个月，跟人穿破一双布鞋的时间差不多。现在街道上铺了石子和柏油，一副驴掌顶多用二十天便磨坏了。驴的费用猛增了许多。钉副驴掌七八块钱，马掌十二块钱。驴车拉一个人挣五毛，拉十五个人，驴才勉强把自己的掌钱挣回来。还有草料钱，套具钱，这些挣够了才是赶驴车人的饭钱。可能毛驴早就知道，它辛辛苦苦也是在给自己挣钱。赶车人只挣了个赶车钱，车的本钱还不知道找谁算呢。

尤其老城里的驴车户，草料都得买，一公斤苞谷八毛钱，贵的时候一块多。湿草一车十几块，干草一车二三十块。苜蓿要贵一些，论捆子卖。不知道驴会不会算账。赶驴车的人得掰着指头算清楚，今年挣了多少，花了多少。老城大桥下的宽阔河滩是每个巴扎日的柴草集市，上千辆驴车摆在库车河道里。有卖干梭梭柴的，有卖筐和芨芨扫帚的，再就是卖草料的。买方卖方都赶着驴车，有时一辆车上的东西跑到另一辆车上，买卖就算做成了。空车来的实车回去。也有卖不掉的，一车湿草晒一天变成蔫草，又拉回去。

驴跟着人屁股在集市上转，驴看上的好草人不一定会买，驴在草市上主要看驴。上个巴扎日看见的那头白肚皮母驴，今天怎么没来，可能在大桥那边，堆着大堆筐子的地方。驴忍不住昂叫一声，那头母驴听见了，就会应答。有时一头驴一叫，满河滩的驴全起哄乱叫，那阵势可就大了，人的啥声音都听不见了，耳朵里全是驴声，吵得买卖都谈不成。人只好各管各的牲口，驴嘴上敲一棒，瞪驴一眼，驴就住嘴了。驴眼睛是所有动物中最色的，驴一年四季都发情。人骂好色男人跟毛驴子一样。驴性情活泛，跟人一样，是懂得享乐的好动物。

驴在集市上看见人和人讨价还价，自己跟别的驴交头接耳。拉了一年车，驴在心里大概也会清楚人挣了多少，会花多少给自己买草料，花多少给老婆孩子买衣服吃食。人有时自己花超了，钱不够了，会拍拍驴背：哎，阿达西（朋友），钱没有了，苜蓿嘛就算了，拉一车干麦草回去过日子吧。驴看见人转了一天，也没吃上抓饭、拌面，只啃了一块干馕，也就不计较什么了。

毛驴从一岁多就开始干活，一直干到老死，毛驴从不会像人一样老到卧榻不起要别人照顾。驴老得不行时，眼皮会耷拉下来，没力气看东西了，却还能挪动蹄子，拉小半车东西，跑不快，像瞌睡了。走路迟迟缓缓，还摇晃着，人也再不催赶它，由着驴性子走，走到实在走不动，驴便一下卧倒在地，像一架草棚塌了似的。驴一卧倒，便再起不来，顶多一两天，就断气了。

驴的尸体被人拉去埋了，埋在庄稼地或果树下面，这片庄稼或这棵果树便长势非凡，一头驴在下面使劲呢。尽管驴没有坟墓，但人在好多年后都会记得这块地下埋了一头驴。

四万头毛驴，四万辆驴车的库车，几乎每条街每个巷子都有钉驴掌的铁匠铺。做驴拥子、套具的皮匠铺在巷子深处。皮匠活臭，尤其熟皮子时气味更难闻，要躲开街市。牛皮套具依旧是库车车户的抢手货，价格比胶皮腈纶套具都贵。尽管后者好看，也同样结实。一条纯牛皮襻二十块、二十五块钱。胶皮车襻顶多卖十五块。

在老城，传统的手工制品仍享有很高地位。工厂制造的不锈钢饭勺，三块钱一把，老城人还是喜欢买五六块钱一把的铜饭勺。这些手工制品，又厚又笨，却经久耐用。维吾尔族人对铜有特别的喜好，他们信赖铜这种金属。手工打制的铜壶，八十元、一百元一只，比铝制壶贵多了，他们仍喜欢买。尽管工厂制造的肥皂，换了无数代了，库车老城的自制土肥皂，扁圆的一坨，三块钱一块，满街堆卖的都是。让它们退出街市，还要多少年工夫，可能多久也不会退出，就像他们用惯的小黑毛驴。即使整个世界的交通工具都用四个轮子驱动了，他们仍会用这种四只小蹄的可爱动物。

在新疆，哈萨克族人选择了马，汉族人选择了牛，而维吾尔族人选择了驴。一个民族的个性与命运，或许跟他们选择的动物有直接关系。

如果不为了奔跑速度，不为征战、耕耘、负重，仅作为生活帮手，库车小毛驴或许是最适合的，它体格小，前腿腾空立起来比人高不了多少，对人没有压力。常见一些高大男人，骑一头比自己还小的黑毛驴，嘚嘚嘚从一个巷子出来，驴屁股上还搭着两褡裢（布袋）货物，真替驴的小腰身担忧，驴却一副无所谓的样子。骑一辈子驴，也不会成罗圈腿，它的小腰身夹在人的两腿间大小正合适。不像马，骑着舒服，跑起来也快。但骑久了人的双腿就顺着马肚子长成括弧形了。

库车驴最好养活，能跟穷人一起过日子。一把粗杂饲草喂饱肚子，极少生病，跟沙漠里的梭梭柴一样耐干旱。

在南疆，常见一人一驴车，行走在茫茫沙漠戈壁。前后不见村子，一条模糊的沙石小路，撇开柏油大道，径直地伸向荒漠深处。不知那里面有啥好去处，有什么好东西吸引驴和人，走那么远的荒凉路。有时碰见他们从沙漠出来，依旧一人一驴车，车上放几根梭梭柴和半麻袋疙疙瘩瘩的什么东西。

一走进村子便是驴的世界，家家有驴。每棵树下拴着驴，每条路上都有驴的身影和踪迹。尤其一早一晚，下地收工的驴车一长串，前吆后喝，你追我赶，一副人驴共世的美好景观。

相比之下，北疆的驴便孤单了。一个村子顶多几头驴，各干各的活，很难遇到一起撒欢子。发情季节要奔过田野荒滩，到别的村子找配偶，往往几个季节轮空了。在北疆的乡村路上很难遇见驴，偶尔遇见一头，神色忧郁，垂头丧气的样子，眼睛中满是末世忧患，似乎驴心头上的事，比肩背上的要沉多少倍。

库车小毛驴保留着驴的古老天性，它们看上去是快乐的。撒欢子，尥蹶子，无所顾忌地鸣叫，人驴已经默契到好友同伴的地步。幽默的库车人给他们朝夕相处的小毛驴总结了五个好处。

一、不用花钱。

二、嘴严。跟它一起干了啥事它都不说出去。

三、没有传染病。

四、干多久活它都没意见。

五、你干累了它还把你驮回家去。

在库车两千多年的人类历史中，小黑毛驴驮过佛经，驮过古兰经。我们不知道驴最终会信仰什么。骑在毛驴背上的库车人，自公元前三四世纪起信仰佛教，广建佛寺，遍凿佛窟。当时龟兹国三万人口，竟有五千佛僧，佛塔庙千所，乃丝绸北道有名的佛教中心。葱岭以东的王族妇女都远道至龟兹的尼寺内修行。毛驴是那时的重要交通工具，驮佛经又驮佛僧，还驮远远近近的拜佛人。相传高僧鸠摩罗什常骑一头脚心长白毛的小黑毛驴，手捧佛经，往来于西域各国。驴的悠长鸣叫跟诵经声很接近，不知谁受了谁的影响。无论佛寺的诵唱，还是清真寺的喊唤，都接近这种生命的叫声。这种声音神秘而神圣，能让人亢奋，肃然回首，能将散乱的人群召唤到一处。在西域历史上，佛教与伊斯兰教，制造了两次生命与精神的大集合。过了一千多年，曾经笃信佛教的库车人改信伊斯兰教。杀佛僧，毁佛庙，建清真寺，毛驴依旧是主要的交通工具。常见阿訇手捧《古兰经》，骑一头小黑毛驴，往返于清真寺之间，样子跟当年的鸠摩罗什没啥区别。那头小黑毛驴没变，驴上的人没变，只是手里的经变了。不知毛驴懂不懂得这些人世变故。

　　无论佛寺还是清真寺，都在召唤人们到一个神圣去处，不管这个去处在哪儿，人需要这种召唤。散乱的人群需要一个共同的心灵居所，无论它是上天的神圣呼唤，还是一头小黑毛驴的天真鸣叫。人听到了，都会前往，全身心地奔赴。

阿格村夜晚

　　阿格村的空气布满浓浓的木头味道，仿佛那些白杨树晒了整天的太阳后打出一连串饱嗝。我们进村时天已经黑了一阵，村子里没电。在汽车的灯光里看见路边摆着剥了皮的白杨木，一摞一摞，紧靠着林带。不时看见几个维吾尔族男孩坐在木头上，车灯扫过后他们原回到夜色中。看见一个穿红衣裙的女孩，跑过马路捡一样东西，又借着车灯跑回来。细细的腰身，半高个子，扭头朝汽车望一眼，脸圆圆的，眼睛黑黑，似乎这个晚上一过，她就会长大。我们再不会见到她。一朵暗处的花朵，她的美丽向更暗处开放，直至凋谢。还有那些在木头上玩耍的孩子，说着我们不明白的话语，暗暗地成长。我们不了解他们今天的晚上，就不会知道他们的明天。村子里没一点光明，夜浓得跟酽茶一样。头顶远远的星光照着他们，在白杨树哗哗的响声里，模糊、喑哑，看不清彼此，相互隐匿又心明无误。前半夜里说着后半生的事情，后半夜全是自己记不清的梦。我们只是偶然路经，在车灯的一晃中看见那些少年的身影，不知道他们什么时候聚在那里，又会在什么时候，悄然地散去。

　　再次看见他们是在另一天下午。他们或躺或坐在路边的白杨树下，满脸胡须，手里拿着镰刀。我们站在另一排白杨树下，隔着白热的阳光，听不清他们在说些什么。麦子长在身后的田野里，眼看要黄熟了，又好像还得些日子。他们手握镰刀，一天天地坐在那里等。对面是乡政府办公室。他们说着话，眼睛斜视着乡政府大门。我们进去办事，喝几杯茶出来他们还在那里。书记的小车出去、上一趟县城又回来，他们还在那里。这一任乡长下台、后一任上台，他们还坐在那里。我们不知道他们在等待什么。一人一亩地的麦子，对这些维吾尔族壮汉来说显然不是件大事。毛驴的草和孩子的衣食也似乎不是什么太大的事，尽管地里的收成刚刚够吃饱肚子。除了老婆孩子和一头听话的毛驴，其余全部家产就只是房前屋后的白杨树了。那是另一层天空，白天绿荫覆盖，夜晚撑高月色，让哗哗的树叶声，带着一两句突兀的驴鸣狗吠，荡远又回来。就是那样的夜晚使我们之间变得遥远、陌生。白天我们有时走过去，跟他们一一握手，生疏地问答几句，用我们或他们的语言。我们想接近时，就会感受到那些不可交换的言辞与言辞之间，手与手、眼睛与眼睛、呼吸与呼吸之间，横隔着无数个我们看不清的遥远夜晚。在那些长夜里，他们坐在白杨树下，村子里没有灯光，偶尔的驴叫声打破暗夜的宁静。在更暗的夜里他们聚在树梢上面的高远星空，东一片西一片，发着不属于这个世界的微弱光明。我们再不会走过去，伸出手。那是一种永远的远，对于我们。

热斯坦巷早晨

　　不是我——是他们，在热斯坦巷的早晨醒来。穿过麻扎的阳光斜照进巷子，照在那些踮起脚便能望见的低矮房顶。拉客的毛驴车摇着响铃走过。最早迎着暗红曙色开门的阿依大妈，看见巷子里多少年不变的土路上，站着一个陌生汉人。她扶着门框，探头朝外看一眼，又缩回身去把门关住。

　　一连两个早晨，天刚亮我便起身，跑到热斯坦街的那条小巷子里。我不知道我想看见什么，只是有一种隐隐的冲动，想赶在他们醒来之前，一个人静悄悄地走过那条巷子，一直走到麻扎那头，再回过身。

　　每次我都晚来一阵。我在路上听见清真寺的喊唤，那是在召唤人们做一天的早礼拜，巷子里突然变得安宁。出去的男人悄然回来，跪在一块方布上，朝西念拜。女人扫净院子，探身朝街上看一眼。那一刻，我清楚地感觉到，他们的生活，朝我不知道的一个方向推开窗户，他们享受着我看不见的阳光雨露。

热斯坦巷的早晨就这样开始。洒过水的地上尘土不起，男人做完一天的早礼拜，神情释然，着手忙尘间俗事：给毛驴添草，清扫驴圈，烧炉打铁，烤馕，戴帽子上街。

我没有可信仰的东西。已经好些年，我不知道一天从什么时候开始，又在什么时候结束。我有时睡到上午十点，有时躺到十二点起床。没有谁喊我醒来，醒来了也不知要做什么。这样的生活，我说不出它的不好。已经好些年，我仰起头，看见的仅仅是烈日、尘土和无精打采的闲云。偶然有一只鸟飞过，就让我十分高兴了。

热斯坦巷的男人们，高捧双手，仰目西天时看见的肯定比我更多。他们不告诉我。

告诉我了，我真会相信吗？

我只是一个过客，偶尔短暂地看见热斯坦巷的早晨，看见他们的一天，竟然这样开始。只是看看，并不能改变我的生活。我依旧会在自己的早晨沉睡不起，睡过上午、中午。在我没彻底睡醒之前，我并不希望被谁唤醒，不论它是鸡鸣狗吠，还是上天的声音。

在另一个夜晚，我和小兰走进热斯坦巷的昏黄月光。我让出租车停在路边，车灯熄了，我独自走到那片大麻扎旁，静静伫立。已经过了凌晨一点，一天最后的晚礼拜也做过了。热斯坦巷沉睡在月色里，高低起伏的麻扎和旁边的低矮房屋连在一起。

我又来晚一步，没有看见这一巷子人怎样睡去。我没听见清真寺做晚礼拜的喊唤。那个时刻，他们被什么声音召唤，整个跪入黑暗，身影一起一伏，口中的默念声振荡着空气。月亮东升，照着那些永远看不清的黑色背影。然后，整条巷子，几乎挨着地的窗户，窗户里的灯光一个个熄灭掉。我站在他们留给我的黑暗中，静静站立。月光厚厚地铺在地上，涂在残缺的拱北（墓）上，一片昏黄。好像起风了，插满在麻扎上的树枝轻轻摇晃，或许是我的身体在摇晃，觉得脚下空空的，像要飘走似的。

回到新城宾馆时，街上、大院里，依旧灯火通明。月亮高挂在天空，像跟我们没关系的一件东西，它的辉光，已经照不到这块地上。

那天晚上做了一夜的梦，看见从没见过的人们，一群一群，围坐在那里，说着我听不明白的话。他们从不抬头看我，我也看不见自己。不知道看见这些的那双眼睛，藏在哪个黑暗角落。头顶是一弯银白新月，我在那样洁净的月光中，仍旧找不到"看见"新月的那个我——他不在那里。

或许，这就是我的库车之行。我并不在那里。一切都像一场风，一场梦。它们并不能改变我的生活。

但是，在我依旧不会被谁唤醒的长梦中，我会反复经历我正短暂经过的一切。我会回到偶尔途经的那棵红桑树下，一年一年地，过我未曾过过的漫长日子。我会早早醒来，千百次地走进那座新月高悬的清真寺，跪在我不认识的人中间，一遍遍地默念我从未念想过的陌生真主。

我在那样的尘土中会有孩子，会有完整的属于身体和心灵的早晨夜晚，会有信仰和对神灵的虔诚敬畏。

如果我真的失去过什么——那就是我正看见却从未经历的一切。

一口枯井和两棵榆树

克孜尕哈千佛洞仅有的两棵榆树生虫子了，一种细长的毛毛虫，把一棵树的叶子吃光，往另一棵树上爬。守佛窟的阿木提急坏了，从家里抱来一只花母鸡，放在树杈上，想让鸡帮忙把虫子吃了。可是，鸡好像被满树的虫子和这个光秃秃的山谷吓坏了，窝在树杈上一动不动。阿木提把它的嘴按在虫子上它都不叨一下。哪来的虫子啊，这个寸草不生的干沟里，怎么会有虫子，方园几公里都是光秃秃的石头滩，虫子咋知道这个山沟里有两棵榆树呢。阿木提说，虫子可能是乘着拉水的车从村子里来的，也可能趴在人的脊背上来的，反正虫子突然就爬满树。他的儿子阿不都热和曼到县城买农药去了，再不把虫子杀死，两棵树就完蛋了。

这个干得土都冒烟的荒山沟里，到处是佛窟遗址，沟里两间小砖房，是看守人住的。分布在半山腰的佛窟都安了木门，每个门上吊两把锁，守佛窟的阿木提管一把，县文管所的人管一把。有来观看佛窟的游客，文管所的人从县上过来，和阿木提一起打开佛窟的门。平常时候沟里只有阿木提一个人。阿木提对这些佛窟和壁画一点都不稀奇，早年，佛窟没保护的时候，附近村里的人只是把它们当成有画的山洞，阿木提小时候经常到佛窟里玩，有的洞窟还被当成羊圈。

阿木提守护克孜尔哈千佛洞已经有 17 年了，他刚来时，这两棵榆树还没有一人高，是一个叫托乎提牙加甫的守窟人栽的，这个人可能在山沟里待急了，想不出排遣寂寞的好办法，就从村子里扛来两棵小树苗，像在村子里栽树一样，挖一个浇水渠沟，间隔两米，把树苗栽进去。可是，这可把麻烦栽下了，山沟里没有一滴水，人喝的水和浇树的水，都要到七八里外的村子去拉。那个托乎提牙加甫没看到树苗长高就离开佛窟，后来又从村子找了几个看守佛窟的人，都是没干几个月，耐不住寂寞，不干了。但这几个守佛窟的人都没让小榆树旱死，有人喝的水，就有树喝的水。到阿木提看守佛窟时，两棵榆树已经扎稳了根，但还是小小的。让阿木提想不到的是，他在佛窟的 17 年间，除了偶尔来游客了招呼一下，其余最主要的工作竟是照顾这两棵榆树。现在榆树已经有房子高了。阿木提说，我养个儿子，到了 17 岁也能自己生活了。可是这两棵树，越大越依赖人，这么多年，为了给树浇水，一家人的精力都耗进去了。早些年用毛驴车拉水，三四天拉一趟，那时树小，喝水也不多。后来家里有了小四轮拖拉机，树也长大了，一周拉一次，280 公斤的大桶，装三桶水，勉强够人和树用一周。

我们现在害怕这两棵树了，阿木提说，它要再长大，我们就养活不起了。早年，树小小的时候，我们盼着它快长，长大了好乘凉。山沟里的土贫瘠，我从家里拉来羊粪，给树施肥。可是，树一年年长大，用的水也一年年增多，我们不敢让它长了。有好几年，再没给它施肥。只是每周按时浇一次水，保证不让它旱死，我们养活了它十几年，就跟我们的家人一样了。

为了给树浇水他们还挖了一口井。那是在 1993 年 11 月，父子俩准备好绳索工具，开始在僵硬的干土中挖井，挖到第二年三月，挖了 27 米深，挖出来的依旧是干土，没有一点有水的意思。父子俩不死心，还要往下挖，这时候，新来的一个汉族主任阻止了他们，说再挖下去太危险，万一塌方出了人命，谁承担。阿木提说，以前管佛窟的阿不拉主任很支持他们。要是阿不拉主任还在，不下台，他们计划挖到 80 米深，提土的绳子都是按这个深度买的。挖到 80 米再不出水，他们就彻底死心了。

现在，这口没挖出水的枯井，也成了克孜尔哈千佛洞的文物，来看佛窟的人，都要到井口探望一番。为防有人掉下去，井口钉了木板，封了。我和阿木提就蹲在井口的木板上，说着井和那两棵树的事。阿木提捡一个小石头，从木板缝扔下去，好久，石子落到井底的声音才传上来。阿木提不懂汉语，他看我拿着本子和笔，就知道我要问树和井的事。以前来的记者已经问过无数次，也在媒体上报道过。阿木提一口气说了很多话，古丽花好长时间才给我翻译完。我又问了两句有关佛窟的事，阿木提望了望我，可能他觉得，佛窟的事，应该文管所的人说。他只知道树和井的事。我说，你知道这些洞是谁挖的。以前的人。阿木提说。以前你们的祖先也信过佛，你知道吗。阿木提直摇头。

看来佛窟的事阿木提确实说不清楚。他只知道看护好佛窟。早先文管所每月给他发 432 块钱，现在涨到 600 块。至于这两棵树的费用，全由阿木提一家无偿承担，树不是文物，也不会有护养费。它的成长与死活只有阿木提一家人操心了，树不可能在几十米厚的干土层中，找到水分。它们长得越大，耗水越多。这是永远要靠人养活的两棵树，阿木提一家每年从两棵树上的收获仅仅是，秋天树叶黄落了，阿木提把叶子扫起来，装大半袋子，扔到拉水的拖拉机上，捎回家喂羊。有时风把落叶刮到荒山坡，树下剩稀稀拉拉的几片，阿木提也就不扫了。阿木提一家也不富裕，能把这两棵树养到啥时候，也不知道，也许过几年我再来，树死了。也许没死，还长高了一截子。反正，我看这两棵树，迟早要县财政拨一点款，把它们和佛窟一起养起来。佛和这两棵植于干土中的树一样，都需要人养。佛在库车被供养了一千多年，人们不再供养它的时候，佛死了，剩下山体上千疮百孔的佛窟。树也一样，你把它植在不适合生长的干土中，你就得去养。养到养烦、养不起、没人养了，也就死掉了。

　　但愿克孜尔哈千佛洞的两棵榆树不会死掉。

我另外的一生已经开始

我说不出有四个孩子那户人家的穷。他们垒在库车河边的矮小房子，萎缩地挤在同样低矮的一片民舍中间。家里除了土炕上半片烂毡，和炉子上一只黑黑的铁皮茶壶，再什么都没有。没有地，没有果园，没有生意。四个未成年的孩子，大的十二三岁，小的几岁，都待在家里。母亲病恹恹的样子，父亲偶尔出去打一阵零工。我不知道他们怎么生活。快中午了，那座冷冷的炉子上会做出怎样一顿饭食，他们的粮食在哪里。

我同样说不出坐在街边那个老人的孤独，他叫阿不利孜，是亚哈乡农民。他说自己是挖砍土曼的人，挖了一辈子，现在没劲了。村里把他当"五保户"，每月给一点口粮，也够吃了，但他不愿待在家等死，每个巴扎日他都上老城来。他在老城里有几个"关系户"，隔些日子他便去那些人家走一趟，他们好赖都会给他一些东西：一块馕、几毛钱、一件旧衣服。更多时候他坐在街边，一坐大半天，看街上赶巴扎的人，听他们吆喝、讨价还价。看着看着他瞌睡了，头一歪睡着。他对我说，小伙子，你知道不知道，死亡就是这个样子，他们都在动，你不动了。你还能看见他们在动，一直地走动，却没有一个人走过来，喊醒你。

这个老人把死亡都说出来了，我还能说些什么。

我只有不停地走动。在我没去过的每条街每个巷子里走动。我不认识一个人，又好似全都认识。那些叫阿不都拉、买买提、古丽的人，我不会在另外的地方遇见。他们属于这座老城的陈旧街巷。他们低矮得都快碰头的房子、没打直的土墙、在尘土中慢慢长大却永远高不过尘土的孩子。我目光平静地看着这些时，的确心疼着在这种不变的生活中耗掉一生的人们。我知道我比他们生活得要好一些，我的家景看上去比他们富裕。我的孩子穿着漂亮干净的衣服在学校学习，我的妻子有一份收入不菲的体面工作，她不用为家人的吃穿发愁。

可是，当我坐在街边，啃着买来的一块馕、喝着矿泉水，眼望走动的人群时，我知道我和他们是一样的，尘土一样多地落在我身上。我什么都不想，有一点饥饿，半块馕就满足了。有些瞌睡，打个盹又醒了。这个时刻一直地延长下去，我也可以和他们一样，在老城的缓慢光阴中老去。我的孩子一样会光着脚，在厚厚的尘土中奔来跳去，她的欢笑一点不会比现在少。

我能让这个时刻一直地延长下去吗？

这一刻里我另外的一生仿佛已经开始。我清楚地看见另一种生活中的我自己：眼神忧郁，满脸胡须，背有点驼。名字叫亚生，或者买买提，是个木工，打馕师傅，或者是铁匠，会一门不好不坏的手艺。年轻时靠力气，老了靠技艺。我打的镰刀把多少个夏天的麦子割掉了，可我，每年挣的钱刚够吃饱肚子。

我没有钱让我的女儿上学，没有钱给她买漂亮合身的衣服。她的幸福在哪里我不知道，她长大，我长老。等她长大了还要在这条老街上寻食觅吃，等我长老了我依旧一无所有。

你看，我的腿都跑坏了还是找不到一个好的归宿，我的手指都变僵硬了还没挣下一点养老的粮食。

我会把手艺传给女儿，教她学打铁，像吐迪家的女铁匠一样，打各种精巧耐用的铁器，挂在墙上等人来买。我不知道她是否喜欢这种叮叮当当的生活，不喜欢又能去做什么。如果我什么手艺都没有，我就教她最简单简朴的生活，像巴扎上那些做小买卖的妇女，买一把香菜，分成更小的七八把，一毛钱一把地卖，挣几毛钱算几毛。重要的是我想教会她快乐。我留下贫穷，让她继承；留下苦难，让她承担。我没留下快乐，她要学会自己寻找，在最简单的生活中找到快乐，把自己漫长的一生度过。

我不知道这种日子的尽头是什么。我的孩子，没人教她，她自己学会舞蹈，快乐的舞蹈、忧伤的舞蹈。在土街土巷里跳，在果园葡萄架下跳。没有红地毯也要跳，没有弹拨伴奏也要跳。学会唱歌，把快乐唱出来，把忧伤唱出来，唱出祖祖辈辈的梦想。如果我们的幸福不在今生，那它一定会在来世。我会教导我的孩子去信仰。我什么都没留下，如果再不留给她信仰，她靠什么去支撑漫长一生的向往。

如果我死了——不会有什么大事，只是一点小病，我没钱去医治，一直地拖着，小病成大病，早早地把一生结束了。那时我的女儿才有十几岁，像我在果园小巷遇到的那个叫古丽莎的女孩一样，她十二岁没有了父亲，剩下母亲和一个妹妹。她从那时起辍学打工，学钉箱子。开始每月挣几十块钱，后来挣一百多块，现在她十七岁了，已经是一个技艺娴熟的制箱师傅，一家人靠她每月二百五十元到三百元的收入维持生活。

　　古丽莎长得清秀好看，一双水灵的大眼睛里，闪烁着她这个年龄女孩子少有的忧郁。那个下午，我坐在她身旁，看她熟练地把铜皮包在木箱上，又敲打出各种好看的图案。我听她说家里的事：母亲身体不好，一直待在家，妹妹也辍学了，给人家当保姆。我问一句，古丽莎说一句，我不问她便低着头默默干活，有时抬头看我一眼。我不敢看她的眼睛，那时刻，我就像她早已过世的父亲，羞愧地低着头，看着她一天到晚地干活，小小年纪就累弯了腰，细细的手指变得粗糙。我在心里深深地心疼着她，又面含微笑，像另外一个人。

　　如果我真的死了，像经文中说的那样，我会坐在一颗闪亮的星宿上，远远地望着我生活过的地方，望着我在尘土中劳忙的亲人。那时，我应该什么都可以说出来，一切都能够说清楚。可是，那些来自天上的声音，又是多么遥远模糊。

暮世旧城

一座暮世旧城。

那个九十七岁的老父亲阿不都拉·斯麻依，活到儿子死了，第五个老伴归西，祖传的一小片果园荒在河滩上，枝老根枯，树梢稀疏的一些果子，早熟了，他已没有伸手的力气。他或许在等一阵风，我不知道他等待的那阵风里，他和那些熟透的果子，谁先被摇落。我坐在这个老人身旁，原想听他讲讲身世，后来却突然地沉默了——他的一生全摆在这里。一个人的全部时光都到齐了，他不用再说什么，我什么都不用问，就像坐在晚年的自己身旁，心里清清楚楚，对着一张多年后自己也会长成的沧桑老脸，无悲无喜。

那个八十九岁的老母亲吐拉汗，她在世上已没有一个亲人。丈夫早早地去世了，五个孩子都没成年便夭折，剩下她一个人。早年身体好的时候，帮人家打馕，洗衣服，挣点饭钱。她原是库车老城人，1963 年被下放到乡下，回来便啥也没有了：户口、房子、工作。她只好在别人的屋檐下生活，这儿住半年，那儿待一个冬天。前几年民政部门给了她一间小房子，还给了一块毡子和一个铁炉，这几年就啥也没有了，她只有靠乞讨过日子。吐拉汗穿一身旧衣服，收拾得整齐干净，苍白平和的面容上依旧能看出年轻时的端庄美丽。当她说她在世上已没有一个亲人时，我突然感到人世的荒凉与陌生。

在老城阿斯坦街的大麻扎旁，我遇到五六个年近百岁的孤寡老人。每个星期四和星期五，他们早早地坐在路边，等候上麻扎的人们。这是拜念亡人的日子，一大早，太阳还没出来，便会听见毛驴车的声音，前往拜祭的人们源源不断地走向麻扎。有的是一个人，有的是一家人。毛驴车停在路边，阿斯坦街的路边放着许多木头，供人坐和拴毛驴车。上麻扎的人拿着铁锨和食物，给亲人的麻扎上松松土，撒一些食物喂鸟。每个星期四五，远远近近的鸟集合到麻扎地。麻扎旁有几棵筑满鸟窠的高大榆树，麻扎地没树的地方插着高高的树干树枝供鸟落脚。鸟是往来于天地间的信使，把生者的祈祷带上天国，又把逝者的祝福捎回大地。

守候在麻扎旁的这些乞丐、穷人们，他们守着生死之间那条黄土路，眼睛盯着通向老城的巷子，在对死者的祈祷中等候前来的生者。死者的遗产中有一半是留给穷人的，麻扎是这些穷人的庄稼地。只要有人上麻扎，他们总会有所收获：一碗抓饭、几个包子、半块馕，幸运时还会得到一些零钱。

不断有人埋进麻扎，城南的大麻扎已经拥挤不堪，墓挨着墓，几乎看不见一小块空地，却还是有死者不断地挤进去。

在阿斯坦巷的大麻扎旁，我遇到一位中年妇女和那几个老乞丐坐在一起，她不是来乞讨的，她在守丈夫的墓。她和丈夫住在邻近的新河县，一个月前，丈夫得病去世，在新河找不到合适的墓地。正好她的母亲住在库车老城，便把丈夫埋进这片麻扎里。可是，老城人不愿意，非要让她把死者迁出去不可。都入土一个多月了，他们还让她迁出去。她不放心，每个星期四星期五到麻扎旁看守，有时，她也能和那几个老人一样得到一点施舍。

我也和他们一样得到过一次施舍。

有几个礼拜五，我跑到麻扎旁，跟那几个年老的乞丐坐在一起。他们都认识我了，挪挪身腾出点地方，让我坐在木头上。我的朋友塔尤木给我做翻译，我跟他们谈家常，聊身世。有时啥也不说，一人递一支烟，边抽边看路上行人，看上麻扎的人在那里用砍土曼松土，撒麦子喂鸟。鸟一群一群，在麻扎上起起落落。除了鸟叫，整个麻扎一片肃静。跪着叩拜祈祷的人肃寂无声，拴在路旁的毛驴一声不响。那些乞丐更是默不作声，每人面前铺一块手帕，用土块压住四个角，等候过往的好心人往上面放钱和食物。

有一次，一位看上去很富贵的中年妇女，上完麻扎挨个地给那些老人施舍，一人五角钱，到我面前时，也递给我一张，我赶紧双手接住，心里涌动着说不出的感激。

守在麻扎旁那些年逾百岁的老人们知道，库车城又该亡哪一茬人了。麦子割掉了，又该掰苞谷。一茬人与一茬人之间，似乎有一段空闲日子。趁着苞谷还青，死神在收割过的广袤田野拾捡麦穗，总有拾不干净的，总有漏割的，一撮两撮，隐没在田地尽头，地老天荒地一直活到儿子死了，孙子辈开始下世，活到世上再没有一个亲人。

一茬人死到高潮时，会接二连三地有人离去，阿訇们忙不过来。清真寺一天五次的礼拜声叫唤着人的魂灵。不时有戴白帽、缠白腰布的人走在巷子（类似汉族人披麻戴孝）。清真寺前的塔吾提（灵架）摆成一排，上盖白布，等待阿訇念经致悼词。

听说同一天去清真寺举行葬礼的死者越多便越吉利。我不太明白，只是站在清真寺对面的库车河桥头，静静观望。维吾尔族人的婚礼汉族人可以参加，他们的葬礼，非同教人绝对不可介入。你可以分享他们的幸福快乐，而他们的死亡，有着与我们截然不同的秘密去向。

我的翻译库尔班说，阿訇正念的这位死者，刚四十岁，阿訇在介绍他的生平功绩，并乞求真主保佑，祝愿死者安息。葬礼结束后，死者将被亲人抬到热斯坦街大麻扎入葬。墓坑早挖好了，缠裹白布的遗体放入洞穴，头西脚东，面朝"克尔白天房"。然后用土块堵死洞穴口，再埋土填坑，一个人在俗世的行程就算到头了，奔赴真主的道路才刚刚开始。接下来就是那些乞丐们盼望的好日子——人死后的第三天、第七天、第四十天和周年举行的"乃孜尔"。一个灵魂升天了，给活着的人们留下的，是这些可以一直做下去的祈祷和念记。

库车城开始死四十岁的人了。我心里一惊，我也四十岁了。我生活的那座城市，人们活得忘掉了死亡。没有隆重的葬礼，看不见坟墓。谁家死了人，来一些亲戚朋友，静悄悄地拉到火葬场烧了。不管三天、七天、四十天，都无坟可上。死亡的迹象消失了，生与死成了相距遥远的两个世界。

库车老城的生死是连为一体的。清真寺里时常有死者的葬礼，每一位死者都会被抬到清真寺，由阿訇做最后的祷告。我们中间的一个人又去了。死的人越多，在上天那里，我们的人就越多。他们也像我们悼念他们一样，念记着还在世间的我们。

住在热斯坦大麻扎旁的人们，夜里听见死者侧身的声音，听见骨节脱落的声音，听见墓穴的土塌落，已经无惊无奇。只要一睡下，便能感到与世世代代的先人们躺在一起，什么叫活，什么叫死呀。

跟那些老人坐在一起，我仿佛有了跟他们一样的心境与身世。仿佛我坐在自己的老年岁月里，突然地，知道人生是这样一种结局。自己的这一天在我还没走到暮年时，已经开始。

我看见从热斯坦铺满尘土的巷子走来的抱着婴儿的妇女神情忧郁，走在她身旁的女孩也一样眼神忧郁，仿佛快乐在千百年前就已消尽，仿佛欢笑是前世花朵。她们刚从巴扎上回来，走过我身边时目不斜视，沉默无语，抱在妇女怀中的婴儿像一个小小玩具。她们穿过几摞木头堆集的巷子，穿过麻扎旁一棵古榆的浓黑树荫，走过我买过一包雪莲烟的小商店，再经过麻扎中间那条土路，然后走出老城。麻扎尽头是一个低矮的只看见白杨树梢的村子，她的家或许就在那个村庄里。她的孩子在这样的来回穿行中长大，她渐渐老去，活到她的儿子老去，走在她身边的女孩离开人世，活到她在世上没有一个亲人。到那时她的钱和精力早已耗尽，她会坐到麻扎旁那些孤独的老人中间。

也许不会。她的孩子在树丛和麻扎旁玩耍着长大，学一门打铁或铜匠手艺，叮叮当当敲打一辈子。或者赶一辆驴车，在这些尘土小巷子里，来来去去地走完一生。那将很漫长。一个人的快乐幸福和贫穷痛苦，会在那样漫长的时光里，一点点地到来，到齐。

我一直看着她们消失在麻扎那边，我接着和那几个老人聊天。也许，坐在路旁的这几个老年人，让那些打铁的、赶毛驴车走路的人们，早早看见了人生暮年的光景。他们是终点，是歪斜在人生尽头的枯树桩子。从那个年轻妇女怀中的婴儿开始，不论跑多快、多远，最后都到达这里。

一半是麻扎、一半是民居的龟兹老城，死者生者，在同一块珍贵土地上，互不相让又相融如一。时间就是这样往前推移，过去的一百年，一城人离去，另一城人入住其中。

一代人一过，天上会落一层土，把该埋的埋掉一些。下一茬人在尘土上过生活，不必知道脚下踩着什么。树往高长，果实结在枝头。一百年里落下的土，有三尺厚，够麦子扎根，够让土豆和胡萝卜埋牢果实。除了埋人，人不轻易往更深处挖土，那是老城死去的部分，已经成为根。

一片叶子下生活

如果我们要求不高，一片叶子下可安置一生的日子。花粉佐餐，露水茶饮，左邻一只叫花姑娘的甲壳虫，右邻两只忙忙碌碌的褐黄蚂蚁。这样的秋天，各种粮食的香味弥漫在空气里，粥一样稠浓的西北风，喝一口便饱了肚子。

我会让你喜欢上这样的日子，生生世世跟我过下去。叶子下怀孕，叶子上产子。我让你一次生一百个孩子。他们三两天长大，到另一片叶子下过自己的生活。我们不计划生育，只计划好用多久时间，让田野上到处是我们的子女。他们天生可爱懂事，我们的孩子，只接受阳光和风的教育，在露水和花粉里领受我们的全部旨意。他们向南飞，向北飞，向东飞，都回到家里。

如果我们要求不高，一小洼水边，一块土下，一个浅浅的牛蹄窝里，都能安排好一生的日子。针尖小的一丝阳光暖热身子，头发细的一丝清风，让我们凉爽半个下午。

我们不要家具，不要床，困了你睡在我身上，我睡在一粒发芽的草籽上，梦中我们被手掌一样的蓓蕾捧起，越举越高，醒来时就到夏天了。扇扇双翅，我要到花花绿绿的田野转一趟。一朵叫紫胭的花上你睡午觉，一朵叫红媚的花儿在头顶撑开凉棚。谁也不惊动你，紫色花粉粘满身子，红色花粉落进梦里。等我转一圈回来，拍拍屁股，宝贝，快起来怀孕生子，东边那片麦茬地里空空荡荡，我们赶紧把子孙繁衍到那里。

如果不嫌轻，我们还可以像两股风一样过日子。春天的早晨你从东边那条山谷吹过来，我从南边那片田野刮过去。我们遇到一起合成一股风。是两股紧紧抱在一起的风。

我们吹开花朵不吹起一粒尘土。

吹开尘土，看见埋没多年的事物，跟新的一样。

当更大更猛的风刮过田野，我们在哗哗的叶子声里藏起了自己，不跟他们刮往远处。

围绕村子，一根杨树枝上的红布条够你吹动一个下午。一把旧镰刀上的斑驳尘锈够我们拂拭一辈子。生活在哪儿停住，哪儿就有锈迹和累累尘土。我们吹不动更重的东西：石磨盘下的天空草地。压在深厚墙基下的金子银子。还有更沉重的这片村庄田野的百年心事。

也许，吹响一片叶子，摇落一粒草籽，吹醒一只眼睛里的晴朗天空——这些才是我们最想做的。

可是，我还是喜欢一片叶子下的安闲日子，叶子上怀孕，叶子下产子。田野上到处是我们可爱的孩子。

如果我们死了，收回快乐忙碌的四肢，一动不动躺在微风里。说好了，谁也不蹬腿，躺多久也不翻身。

不要把我们的死告诉孩子。死亡仅仅是我们的事。孩子们会一代一代地生活下去。

如果我们不死。只有头顶的叶子黄落，身下的叶子也黄落。

落叶铺满秋天的道路。下雪前我们搭乘拉禾秆的牛车回到村子。天渐渐冷了。我们不穿冬衣。长一身毛。你长一身红毛，我长一身黑毛。一红一黑站在雪地。太冷了就到老鼠洞穴蚂蚁洞穴避寒几日。

不想过冬天也可以，选一个隐蔽处昏然睡去，一直睡到春暖草绿。睁开眼，我会不会已经不认识你，你会不会被西风刮到河那边的田野里。冬眠前我们最好手握手面对面。紧抱在一起。春天最早的阳光从东边照来，先温暖你的小身子。如果你先醒了，坐起来等我一会儿。太阳照到我的脸上我就醒来，动动身体，睁开眼睛，看见你正一口一口吹我身上的尘土。

又一年春天了。你说。

又一年春天了。我说。

我们在城里的房子是否已被拆除。在城里的车是否已经跑丢了轱辘。城里的朋友，是否全变成老鼠，顺着墙根溜出街市，跑到村庄田野里。

你说，等他们全变成老鼠了，我们再回去。

喀纳斯灵

一、风流石

景区康剑主任盯着这块石头看了好多年。他在这一带长大，小时候他看这块石头会害羞脸红，觉得那块像男人的石头趴在像女人的石头上，耍流氓。长大以后他觉得石头的姿势美极了，他是一位摄影家，拍了好多张石头的照片，最美的一张是黄昏时分，抱在一起的男女石头人，裸露身体，在霞光彩云的山坡上做着天底下最美的事。

康剑说，这个石头叫风流石，也有人叫情侣石。

我说，叫风流石好。风流自然。石头的模样本来就是风流动造化的，风是这里的老住户，山里的许多东西是风带来的。

康剑让我给风流石写篇美文。

我说，题两句诗吧。我想起陆游的诗句：花如解语还多事，石不能言最可人。我把"可人"改成"风流"，石不能言最风流。两句改写的古诗就这样轻易地刻在了景点的巨石上。这是我的字第一次刻上石头，心中的忐忑与激动跟30年前我的诗第一次变成铅字发表时一样。

石头有了名字和题诗，它还需要一个传说。

我们在山谷里找两块石头的传说。这样绝妙造化的石头不可能没有传说。以前我在新疆其他地方，也干过类似的活。这里的游牧人，自古以来，用文字写诗歌，却很少用它去记时间历史。时间在这里是一笔糊涂账，有的只是模糊的传说。

传说有两种方式，口传和风传。

口传就是口头传说，从一张嘴传到另一张嘴。一个故事传几代几十代人，或者传走调，或者传丢掉。

传走调的变成另一个故事，继续往下传。传到今天的传说，经过多少嘴，走了几次样，都无法知道。有时一个传说在一条山谷的不同人嘴里，有不同说法。在另外的地方又有另外的说法。俗话说，嘴是两张皮，咋说咋有理。又说，话经三张嘴，长虫也长腿。长虫就是蛇，蛇经过三张嘴一传，就长出腿了。传到今天的传说，大多是长了无数腿的长虫。

风传是另一种隐秘的传递方式。口传丢的东西，风接着传。这里的一切都在靠风传。风传播种子，传扬尘土，传闲话神话。风从一个山沟到另一个山沟，风喜欢翻旧账，把陈年的东西翻出来，把新东西埋掉。风声是这里最老的声音，所有消失的声音都在风声里。传说是那些消失的声音的声音。据说古代萨满能听懂风声。萨满把头伸进风里，跟那些久远的声音说话。

我也把头伸进风里。

这个山谷刮一种不明方向的风，我看天上的云朝东移，一股风却把我的头发往南吹。可能西风撞到前面的大山上，撞晕了头。我没在山里生活过，对山谷的风不摸底。我小时候住在能望见这座阿勒泰大山的地方。那是准噶尔盆地中央的一个小村庄，从我家朝南的窗户能看见天山，向北的后窗望见阿勒泰山。都远远地蹲在天边，一动不动。我那时常常听见山在喊我，两边的山都在喊我。我一动不动，待在那里长个子，长脑子。那个村庄小小的，人也少。我经常跟风说话。我认得一年四季的风。风说什么我能听懂。风里有远处大山的喊声，也有尘土树叶的低语。我说什么风不一定懂，但它收起来带走。多少年后，我听到自己的声音，它走遍世界被相反的一场风刮回来。

长大后我终于走到小时候远远望见的地方。再听不见山的呼唤，我自己走来了。

传说能对风说话的人，很早以前走失在风中。风成了孤独的语言，风自言自语。

在去景区半道的图伍人村子，遇见一个人靠在羊圈栏杆上，仰头对天说话。我以为见到了和风说话的人。

翻译小刘说，他喝醉了。

一大早就喝醉了？我说，你听听他说什么。

小刘过去站了一会儿。

小刘说，他在说头顶的云。他让它"过去""过去"。云把影子落在他家羊圈上，刚下过雨，他可能想让羊圈棚上的草快点晒干吧。

风流石的传说是我在另一个山谷听到的。我们翻过几座山，到谷底的贾登裕时，风也翻山刮到那里。云没有过来，一大群云停在山顶，好像被山喊住说啥事情。我看见山表情严肃，它给云说什么呢。也听不清。

我把头伸进风里。

二、传说

牧主的儿子哈巴特风流成性，经常在附近牧场勾引少女，抱到山石上寻欢。牧民们认为哈巴特的行为败坏风俗，便从喀纳斯湖边请来一男一女两个萨满巫师，惩治哈巴特。男萨满目睹哈巴特的行为后，摇摇头走了。男巫师说，我能降妖除魔，但我降服不了人的情欲。

女萨满巫师留下来。女巫师装扮成美丽少女，在草场放牧，被哈巴特勾引去。正当哈巴特和少女寻欢时，女巫师现出原形。哈巴特看到刚才还水灵灵的美丽少女，转眼间又老又丑，惊恐不已。可是，这时哈巴特已经跑不掉了，他被女巫师牢牢抱住，就这样过了一千年又一千年，哈巴特还是没有从这个又老又丑的女巫师身上脱身。

民间传说女萨满巫师用一种"锁"的法术，把哈巴特的身体牢牢锁住。哈巴特之所以能勾引那么多痴情少女，是因为哈巴特有一把闪闪发光的金钥匙，女人都很难经受金钥匙的诱惑，它轻易地打开少女的心灵和情欲之锁。可是，女巫师的锁不一般，它专门锁钥匙，钥匙插进去，锁就把钥匙锁住，拔不出来。被牢牢锁住的哈巴特就像青蛙一样趴在女巫师上面，他使多大劲都无法脱身。

哈巴特的父亲听说心爱的儿子被女巫师锁住，从喀纳斯湖边请来另一个萨满巫师，萨满目睹这一情景后说：我能救苦救难，但被女人锁住的男人，我救不了。

哈巴特和他身下的女人，就这样紧紧抱了千万年，双双变成石头。

变成石头的哈巴特，还是被牢牢锁住。早些年牧场的人嫌这两块男女石头抱在一起不雅观，把未成年的孩子都教坏了。几个成年人扛木头撬杠上来，想把两个石头分开。折腾了半天，累得满头大汗，石头丝毫未动。前几年修公路，工人想把上面那块石头搬下来垫路基，吊车开上去，钢丝绳绑在石头上，却怎么也吊不起来，上面的石头紧紧连在下面的石头上。听说还有人拿了一包炸药，放在两块石头中间，爆炸声把草场的牛羊都吓惊了，两块石头仍然紧抱在一起。

那以后再没有人敢动这块石头。它成了受人敬畏的神石。当地人都叫它们风流石。也有人叫它们情侣石。都没错。即使没有这个传说，两块石头这样抱几千年几万年，也早抱出感情。你看它们还是很动情的样子。

相传这块石头有一种神奇魔力，女人只要虔诚地盯着它看三分钟，就能获得一种锁住男人的魅力，让男人永生永世对自己不离不弃。当地的女人，发现男人有外遇就来看这块石头。眼睛一眨不眨地看三分钟，看完回去后，男人的心和身体都回来了。渐渐地，石头的魔力被外面人知道，好多家庭不和情感不顺的女人，都来看这块石头。有的还带着自己的丈夫或男友来看。据说男人看过这块石头，都吓得不敢风流了。

三、湖怪

湖怪俯在水底，我们不知道它是什么。它也不知道我们是什么。它偶尔探出水面，望望湖上的游艇和岸边晃动的人和牛马。它的视力不好，可能啥都看不清。可它还是隔一段时间就探出来望一望。它望外面时，自己也被人望见了。人的视力也不好，看见它也模模糊糊。我们走访几个看见湖怪的人，都描述着一个模糊的湖怪样子。这个模糊样子并不能说明湖怪是什么。

在喀纳斯，看见湖怪的人全成了名人。好多人奔喀纳斯湖怪而来，他们访问看见湖怪的人。没看见湖怪的人默默无闻，站在一旁听看见湖怪的人说湖怪。

牧民耶尔肯就没看见过湖怪，他几乎天天在湖边放牧，从十几岁，放到五十几岁，湖怪是啥样子他没见过。他的邻居巴特尔见过湖怪，经常有电视台记者到巴特尔家拍照采访，让他说湖怪的事。每当这个时候，没看见湖怪的耶尔肯就站在一旁愣愣地听。听完了原到湖边去放牧。他时常痴呆地望着喀纳斯湖面。他用一只羊的价钱买了一架望远镜，还随身带着用两只羊的身价买的数码照相机。他经常忘掉身边的羊群，眼睛盯着湖面。可是，他还是没有看见湖怪。湖怪怪得很，就是不让他看见。比耶尔肯小十几岁的巴特尔，在湖边待的时间也短，他都看见好多次湖怪了，耶尔肯却一次也看不到。

水文观察员很久前看见湖怪探出水面，他太激动了，四处给人说。有一天，当他把看见湖怪的事说给湖边一个图佤老牧民时，牧民盯着他看了好一阵，然后说："你这个人怪得很，看见就看见了，到处说什么。"水文观察员后来就不说了，别人问起时直摇头，说自己没看见水怪，胡说的。

但图佤老牧民的话被人抓住不放。这句话里本身似乎藏着什么玄机。图伍老人为什么不让人乱说湖怪的事。湖怪跟图伍人有什么关系？湖怪传说的背后，似乎隐藏着一个更大的怪。这个怪是什么呢？

我们去找那个不让别人说湖怪的图伍老人。只是想看看他。没打算从他嘴里知道有关湖怪的事。一个不让别人说湖怪、生怕别人弄清楚湖怪的人，他的脑子里藏着什么怪秘密？

可惜没找到。家里人说他放羊去了。

"那些说自己看见湖怪的人，一个比一个怪。不知道他们以前怪不怪，他比别人多看见了一个东西。这个东西是多少人想看见但看不见，他也许没想看见但一抬头看见了。看见了究竟是个什么？又描述不出来。只说很大。离得远。有多远？没多远。就是看不清。有人说自己看清楚了，但说不清楚。"康主任说。

康主任领导着这些看见湖怪和没看见湖怪的人。他当这里的头时间也不短了，湖怪就是没让他看见过。

我们坐游艇在湖面转了一圈，一直到湖的入口处，停船上岸。那是一个枯木堆积的长堤。喀纳斯湖入口的水不大也不深。湖就从这里开始，湖怪也应该是从这里进来的吧。如果是，它进来时一定不大，湖的入口进不来大东西。而喀纳斯湖的出口，也是水流清浅。湖怪从出口进来时也不会太大。那它从哪儿来的呢？那么巨大的一个怪物，总得有个来处。要么是从下游游来，在湖里长大。要么从山上下来，潜进水里。以前，神话传说中的巨怪都在深山密林中。现在山变浅林木变疏，怪藏不住，都下到水里。

潜在湖底的怪好像很寂寞，它时常探出头来，不知道想看什么。它的视力不好。人的视力肯定比它好，但水面反光，人不容易看清楚。游艇驾驶员金刚看见湖怪的次数最多，在喀纳斯他也最有名，他的名字经常在媒体上和湖怪连在一起。他也经常带着外地来的记者或湖怪爱好者去寻找湖怪，但是没有一次找到过。尽管这样，下一批来找湖怪的人还是先找到金刚，让他当向导。金刚现在架子大得很，遇到小报记者问湖怪的事，都不想回答，让人家看报纸去，金刚和湖怪的事都登在报纸上。

我们返回时湖面起风了，一群浪在后面追，喀纳斯湖确实不大，一眼望到四个边。这么小的湖，会有多大的怪呢？快靠岸时，康剑很遗憾地说，看来这次看不到湖怪了。康主任希望湖怪能被我们看见。他认为让作家看见了可能不一样。作家也是人里面的一种怪人。作家的脑子是一片深不见底的大湖，湖底全是怪。作家每写一篇东西，就从湖底放出一个怪。我们这个世界，还有那么多人对作家的头脑充满好奇，像期待湖怪出水一样期待作家的下一个作品。他们也很怪，盯住一个作家的头脑里的事情看，看一遍又一遍，直到作家的头脑里再没怪东西冒出来。天底下的怪和怪，应该相互认识。康主任想看看作家看见湖怪啥样子，喊还是叫，还是见怪不怪。可能他认为怪让作家看见，算是真被看见了。作家可以写出来。其他看见湖怪的人，只能说出来。而且一次跟一次说的不一样。好像那个怪在看见他的人脑子里长。那些亲眼看见湖怪的人，对别人说一百次，最后说得自己都不相信了。好像是说神话和传说一样。

我是相信有湖怪的，我没看见是因为湖怪没出来看我。它架子大得很。它不知道我是什么东西。我的名字还没有传到水里。我脑子里的怪想法也吓不了湖里的鱼。但我知道它。如果我在湖边多待些日子，我会和它见一面。我感觉它也知道我来了。它要磨蹭两天再出来。可我等不及。我离开的那个中午，它在湖底轻轻叹了口气，接着我看见变天了。

回来后我写了一首《湖怪歌》。

> 湖怪藏在水底下
> 人都不知道它是啥
> 它也不知道人是啥
>
> 有一天，湖怪出来啦
> 它也不知道它是啥
> 人也不知道人是啥

就几句，套进图佤歌曲里，反复地唱。这是唱给湖怪的歌。也是湖怪唱的歌：它不知道人是啥。

四、灵

我闻到萨满的气味。在风中水里，在草木虫鸟和土中。这里的一切被萨满改变过。萨满把头伸进风里，跟一棵草说话，和一滴水对视，看见草叶和水珠上的灵。那时候，灵聚满山谷和湖面。萨满走在灵中间。萨满的灵召集众灵开会。萨满的灵能跟天上地上地下三个层面的灵交往，也能跟生前死后来世的灵对话。

树长在山坡，树的灵出游到湖边，又到另外的山谷。灵回来时树长了一截子。灵不长。灵一直那样，它附在树身上，树不长时灵日夜站在树梢呼唤，树长太快了它又回到根部。灵怕树长太高太快。长过头，就没灵了。有的动物就把灵跑丢，回到湖边来找。动物知道，灵在曾经待过的地方。灵没有速度，迟缓，不急着去哪儿。鸟知道自己的灵慢，飞一阵，落到树上叫，鸟在叫自己的灵，叫来了一起飞。灵不飞。灵一个念头就到了远处，另一个念头里回到家。有人病了，请萨满去，萨满也叫，像鸟一样兽一样叫。病人的灵被喊回来，就好了。有的灵喊不回来，萨满就问病人都去过哪儿。在哪儿待过。丢掉的灵得去找。一路喊着找。

当年蒙古人去西方打仗的时候，灵就守望在出发的地方。蒙古人跑得太快，灵跟不上。但蒙古人带着会召集灵的萨满。横扫西方的蒙古大军其实是两支队伍，一支是成吉思汗统领的骑兵，一支是萨满招引的灵。这支灵的部队一直左右着蒙古骑兵。西方人没看见蒙古人的灵，灵太慢了，跟不上飞奔的马蹄。蒙古人在西方打了两年仗了，灵的部队才迟迟翻过阿勒泰山，走到额尔齐斯河谷的喀纳斯湖。

灵走到这里就再不往前走。蒙古人最终能打到哪里是灵决定的。那些跑太远的蒙古骑兵感到自己没魂了，没打完的仗扔下赶紧往回走。回来的路跟出去的一样漫长。

喀纳斯是灵居住的地方。好多年前，灵聚在这里的风里水里。看见灵的萨满坐在湖边，萨满的灵也在风里水里。萨满把灵叫"腾"。打仗回来的蒙古人带着他们的"腾"走了，过额尔齐斯河回到他们的老家蒙古草原。没回来的人"腾"留在这里。灵也有岁数。灵老了以后就闭住眼睛睡觉。好多灵就这样睡过去了。看见灵的眼睛不在了。召唤灵的声音不在了。没有灵的山谷叫空谷。喀纳斯山谷不空。灵沉睡在风里水里，已经好多年，灵睡不醒。

来山谷的人越来越多，人的脚步嘈杂唤不醒灵。灵不会这样醒来。灵睡过去，草长成草的样子，树长成树的样子，羊和马，长成羊马的样子。人看喀纳斯花草好看，看树林好看，看水也好。一群一群人来看。灵感到人是空的，来的人都是身体，灵被他们丢在哪里了。灵害怕没有灵的人。没有灵的人啥都不怕。啥都不怕的人最可怕，他们脚踩在草上不会听到草的灵在叫，砍伐树木看不见树的灵在颤抖。

一只只的羊被人宰了吃掉。灵不会被人宰了吃掉。灵会消失，让人看不见。

灵在世界不占地方。人的心给灵一个地方，灵会进来居住。不给灵就在风里。人得自己有灵，才能跟万物的灵往来。萨满跟草说话。靠在树干上和树的灵一起做梦。灵有时候不灵，尘土一样，唤不醒的灵跟土一样。

神是人造的，人看出每样东西都有神，人把神造出来。人造不出灵。灵是空的。空的灵把世俗的一切摆脱干净，呈现出完全精神的样子。灵是神的精神。人造神，神生灵，灵的显像是魂。灵以魂的状态出现，让人感知。人感知到魂的时候，灵在天上，看着魂。灵在高处，引领精神。人仰望时，神在人的仰望里，而灵，在神的仰望里。通灵先通神，过神这一关。也有直接通灵的，把神撇在一边。萨满都是通神的。最好的萨满可通灵。

五、树

萨满想让一个人死，他不动手。他会让一些坏事情，发生在他认为的坏人身上。

　　萨满知道湖边一棵大树要倒，今天不倒明天倒，今年不倒明年倒。那个他想让他死的人，经常在湖边走。萨满头伸进风里，眼睛闭住，像在算一道复杂的算术题，最后，他会算到这一刻：那个人刚好从树下经过的时候，树倒了。在这中间萨满做了什么手脚我们不知道。那个人一千次地从树下走过，树没倒。树倒的时候没到，还差蚂蚁咬一口，那窝蚂蚁在树上，每时每刻都在咬树。还差风推一把，风也时常在刮。这些事情都准备好，该那个人走来了，怎样让那个人就在蚂蚁咬最后一口，风推最后一把的时候，正好从树下走过呢。这中间萨满做了什么没人知道。人们只知道那人被树压死了。

　　早年，萨满说一个牧民会被树压死。牧民不敢在山里待了，跑到山外草原上放牧，那里没有一棵树，有树的地方牧人躲开不去。牧人这样生活了好些年，有一天，一匹马拉着一根木头从山上下来，牧人看上了它，就用一只羊换了来。木头粗粗短短的，牧人也没想它有啥用，反正毡房旁放一根木头，也不多余。再说，躺在地上的木头，总不会压人吧。

　　可是有一天，牧人躺在离木头不远的地方打盹，木头突然滚动起来，开始很慢，接着越滚越快，直接从牧人身上压过去，牧人当即死了。

　　木头为啥会滚动。牧民的毡房在一个斜坡上，木头买来后，牧人特意在木头一边垫了一堆土，把木头堰住。挖土时挖到了蚂蚁窝，蚂蚁生气了。蚂蚁全体出洞，用几个月时间，把牧民堰在木头下面的土掏空，搬到以前的地方。蚂蚁干这些事情时牧民并不知道。山里的萨满肯定知道。堰木头的土掏空了，木头还是不会自己动。木头需要一点点外力，让自己滚一下，然后木头就会滚起来，越滚越快，一直滚到大坡下面，再借势滚到对面的半坡上，木头盯着那个地方望了很久了，木头知道自己的下一站是那面坡上的一丛青草中，它将在那里腐朽掉。

木头在等这个外力。牧人有两个孩子，每天在木头上爬上爬下，有时站在一边推，两个孩子想把木头推动。可是，木头被土堰住，两个孩子也小小的，没有力气。但孩子不甘心，每天推一下。两个孩子正长个子，长劲，相信有一天木头会被他们推动。牧人知道儿子在长个子长劲，木头也知道。木头在等。牧人不知道木头在等。山里的萨满肯定知道。

这一天，牧人躺在那里打盹的时候，木头被推动了，两个孩子吃惊地看见木头滚起来，越滚越快，很快从躺在草地的父亲身上滚过去。

喀纳斯最后一个萨满，在 1982 年死了。我们走访的几位老人，都还记得萨满的样子，萨满给人和牛羊看病，萨满在风里跳舞，召集山里的灵过来说话。萨满让没有灵的人看见灵。萨满的灵与他们交流。萨满自言自语。

我感到萨满的灵还在山谷，他那时看到的灵，还附在那些事物上，只是，萨满不在。我们顶多走到草地，走到牛羊和桦树身边。走到灵的路，要萨满引领。萨满不在，走向灵的路被他带走了。

我没见过真正的萨满。萨满活到今天，我应该和他认识。

六、山

在自然界中，山最不自然。从我进阿勒泰山那时起，就觉得山不自然。它的前山地带没一座好山，只是一堆堆山的废料。山造好了，剩下的废料堆在山前。堆得不讲究。有些石头摞在别的石头上，也没摞稳，随时要坠下来的样子。有的山和山，挨得太近，有的又离得太远，空出一个大山谷。好在山和山没有纠纷，不打架。高山也不欺负矮山。山沟与山沟靠水联系。山没造好，水就乱流，到处是不认识的河谷。

有的山看上去没摆好姿势，斜歪着身子，不知道它要干啥。是起身出走，还是要倒头睡下。这些大山前面的小山，一点没样子。而后面的大山又太大，地太小，山只能趴在那里。阿勒泰山就这样趴着，它站起来头和身子都没处放。坐下也不行，只能趴着。像山这么大的东西，可能趴下舒服一些。我从远处看阿勒泰山是趴着的，走进山里，山在头顶，仍然看见它是趴着的。它站起来头会顶到天外面去。可能天外面也没地方盛放它。我们人小，站起趴下都在它的怀抱里。

山的怀抱是黑夜。夜色使山和人亲近。山黑黝黝地蹲在身旁，比白天高了一些，好像山抬了抬身体，蹲在那里。

在喀纳斯村吃晚饭时，我一抬头，看见对面的山探头过来，一个黑黝黝的巨大身影。天刚黑时我看山离得还远，坐下吃饭那会儿，看见山近了，旁边的两座山在向中间的那座靠拢，似乎听见山挤山，相互推搡的声音。前面的山黑黑地探过头，像在好奇地听我们说山的事情，听见了扭头给后面的山传话，后面的又往更后面传，一时间一种哗哗哗的声音响起来，一直响到我们听不见的悠远处，在那里，山缓慢停住，地辽阔而去，地上的田野、道路和房子悠然展开。

山这么巨大的东西，似乎也心存孩子般的好奇。我感到山很寂寞。我们凑成一桌喝酒唱歌，山坐在四周，山在干什么。如果山也在聚餐，我们就是它的小菜一碟。可能它已经在品尝我们的味道，它嫌我们味道不足，让我们多喝酒，酒是它添加给我们的佐料，酒让我们自己都觉得有味了。山把有酒味的人含在嘴里，细细品尝，把没酒味的人一口吐出来，拨拉到一边。

早晨起来，我看见昨晚凑在一起的山都分开了。昨晚狂醉在一起的人，一个瞪着一个，好像不认识似的。

七、月亮

月亮是一个人的脸，扒着山的肩膀探出头来时，我正在禾木的木屋里，想象我的爱人在另一个山谷，她翻山越岭，提着月亮的灯笼来找我，轻敲木门。我忘了跟她的约会，我在梦里去找她，不知道她回来，我走到她住的山谷，忘了她住的木屋，忘了她的名字和长相。我挨个地敲门，一山谷的木门被我敲响，一山谷的开门声。我失望地回来时满天星星像红果一般在落。

就是在禾木的尖顶木屋里，睡到半夜我突然爬起来。

我听见月亮喊我，我推窗出去，看见月亮在最近的山头，星星都在树梢和屋顶，一伸手就够着它们。我前走几步，感觉脚离地飘起来，月亮把我向高远处引，我顾不了许多。

我童年时，月亮在柴垛后面呼唤我，我追过去时它跑到大榆树后面，等我到那里，它又站在远远的麦田那边。我再没有追它。我童年时有好多事情要做，忙于长个子，长脑子，做没完没了的梦。现在我没事情了，有整夜的时间跟着月亮走，不用担心天亮前回不来。

夜色把山谷的坎坷填平，我的脚从一座山头一迈，就到了另一座山头。太远的山谷间，有月光搭的桥，金黄色月光斜铺过来，宽展的桥面上，只有我一个人。

我高高远远地，蹲在那些星星中间，点一支烟，看我匆忙经过却未及细看的人世，那些屋顶和窗户，蛛网一样的路，我从哪条走来呢？看我爱过的人，在别人的屋檐下生活，这样的人世看久了，会是多么陌生，仿佛我从未来过，从我离开那一刻起，我就没有来过，以前以后，都没有过我。我会在那样的注视中睡去。我睡去时，满天的星星也不会知道它们中间的一颗熄灭了。我灭了以后，依旧黑黑地蹲在那些亮着的星星中间。

我回来时月亮的桥还搭在那里，一路下坡。月亮在千山之上，我本来可以和月亮一起，坐在天上，我本来可以坐在月亮旁边的一朵云上，我本来可以走得更高更远。可是，我回头看见了禾木村的尖顶房子，看见零星的一点火光，那个半夜烧火做饭的人，是否看见走在千山之上的我，那样的行程，从那么遥远处回来，她会为我备一顿什么样的饭菜呢。

从月光里回来我一定是亮的，我看不见我的亮。

木屋窗户敞开着，我飘然进来，看见床上睡着一个人，面如皓月。她是我的爱人。我在她的梦里翻山越岭去寻找她。她却在我身边熟睡着。

新疆时间

新疆一直存在着两个时间，当地信仰伊斯兰教的民族习惯用新疆时间，汉族人用北京时间。早先单位开会，通知上都标明北京时间或新疆时间，不然人们到会的时间就会差两小时。我在新疆这么多年，虽然一直用北京时间——事实上我很少用过时间，我从来不戴手表。时间对于我，只有上午下午，白天黑夜。这是一种混沌的农民时间，没有被分割成小时分钟。但我仍感到另一种时间的存在——新疆时间。

在新疆，我看见过生长一棵树的时间。长老一个人的时间。河流干涸，绿洲变成沙漠的时间。塔里木地下油气开采到抽空的时间。还有隐藏在这一切中间，让我从出生，长大到 40 岁的时间。

我在北疆，那块叫黄沙梁的地方，感受到了比任何时间要慢多少年的——黄沙梁时间。我还在已经完成的长篇小说《虚土》中，创造了一种人的永恒时间，让一往无前的、困扰我们的生死、时间，在虚土庄这一块弯曲。我找到了一种让时间回去的狭窄道路。它属于一个人。每个人找到的道路，都只适合一个人行走，而不适合一个村庄和一群人通过。这条道路因其狭窄而吸引单独的每个人。

新疆给了我一种脱离时间的可能。一直向后走的可能。

我想，如果我生活在任何一个地方，我都会获得同样的智慧和生长。但我接受了新疆的给予，我在新疆的漫长时间里，获得了我的目光、口音、味觉、走路的架势和文字。

人们一直在忽视新疆的时间。一些内地朋友，天不亮打来电话。他们那边，大半个中国的天都亮了，他不知道新疆的天还黑着，我们还有两小时的梦和睡眠。当我们在北京时间 10 点上班，他们已经快下班了。而他们下午上班时，我们正在午休。我们和内地的接触和联系，一直存在着时间障碍。有人说，新疆的落后主要是天亮得太晚了。别人上班时我们还在睡大觉。虽为戏说，但我们和内地的差异，确是因为我们晚起了两个小时。两千年前是这样，一千年前是这样，现在依然如此。我们改变不了时间，也就改变不了我们企图想改变的。

我们的政府文件，大都以两种文字下达。汉文在前，维文在后。因为维文从右往左读，书页从后往前翻，所以在他们看来，汉文排后，维文在先。从汉文的角度看，正好相反。两种文字就这样背靠背，好像一对好兄弟。这边汉文说什么，那边维文也说什么。虽然表达上好像没有异议，但前后位置却是不让的。

新疆开会的时间也比内地长，因为传达的文件和领导讲话，大都要维汉两种语言表达，会场上的情景大多是，用汉文念文件时，维吾尔族人在睡觉，用维文读时，汉族人在睡觉。因为两种语言表达的是一种意思，即使懂双语，也没必要听两遍。但每一

种意思都要表达两遍，因为对每个人来说，母语听到耳朵里才是
可靠的。

有一种说法，在新疆飞过一只蚊子，这件事一级一级汇报到
北京，就变成新疆飞过一架飞机。如果北京给新疆一辆火车，到
地方就变成一辆毛驴车了。这都是因为新疆的遥远。

新疆和内地的距离，并未因火车飞机的通达而缩短。它孤悬
塞外的位置，不仅仅是地理的，还有心灵的。从两千多年前开
始，佛寺的晨钟暮鼓，从新疆的高昌、楼兰、克孜尔、哈密以及
敦煌，一直敲到西安。那时候，佛光自西向东普照，丝绸从东往
西运送。公元十世纪后，佛寺的钟声逐渐被清真寺的喊唤所取
代。新疆有了另外一种精神——伊斯兰精神。他变得更加遥远。

新疆一向作为远方而存在。它的地域之遥远，历史文化之悠
远，精神之高远，都使它成为中国和世界的远方。被称为四大文
明唯一交汇地的新疆，在我看来也是古代世界文明的尽头和终结
地。这块古游牧之地，中华汉文化的末梢，印度佛教文化东移的
过渡地，阿拉伯伊斯兰文明的远方，希腊罗马文明的断魂处。塔
克拉玛干大沙漠，成了这些古代文明的最后归宿。它们尘土一样
飘来，又梦一般消失。其中一些文明沉落下来，成为我们今天生
活和生命的一部分。

对于今天的新疆人，古代新疆是多么遥远。

几年前，我在库车文物馆，看到出土的龟兹文书简，维吾尔
族馆员说，世界上只有两个人认识这种文字，一个在日本，一个
是中国的季羡林，听说日本的那位学者已经去世。龟兹文变成了

一个人的文字。（季羡林也于 2009 年去世。——编者注）我凝视那些陌生的字符，哪个词是太阳？哪个词在表达爱情？在这些残断字句中，有没有半句诗歌，安静地躺在中间呢？不知道那个时代的诗歌是什么样子，是歌唱爱情，还是诉说忧伤？但有一点很清楚，这里的一切，都被我们所不认识的这些古代文字书写和表达过。

如果那时的诗人，知道他所用的文字不久将死去，他还会写诗吗？在一种语言死灭前，操持这种语言的人在干什么？他们有没有为母语而战斗？当被说出和命名的一切，被另一种语言重新说出。河流将不是河流。月亮有了另外的名字。那些牛羊，将被另一种声音吆喝驱赶。

有数十种文字存在于古代新疆。这里的许多东西都被完整地认识过，可是我们已经不认识那些字。那些死掉的文字，在说什么？依旧活着的文字，又说些什么？当一种文字消失后，它的诗歌，它歌唱过的爱情，它曾经说出的阳光、苦难、生死和命运，都归于沉寂。我们用另一种语言重新说出的，还是不是那些东西。就像突厥语的太阳，无法完全译成汉语的太阳，它有不一样的光芒，不一样的升起和沉落。

2003 年 11 月，我随从考察队在楼兰无人区，从距中国第一颗原子弹爆心仅 40 公里的荒野穿过。那颗落在新疆的原子弹，爆炸点用的是北京时间。我在李雪健主演的一部电影中，看见那个时间的复活。该片摄制组在马兰原子弹基地拍摄期间，我和诗人北野被邀去基地讲文学。听当地人说，原子弹爆炸后留下的钢架、电线，后来被附近农民当废品拆去卖了，几个农民因此死亡。卖掉的废钢铁又流通到哪里，谁也说不清，也许原炼成钢铁，卖到喀什、乌鲁木齐，甚至西安、北京，都说不上。这个过程中核辐射会越来越小，小到人觉察不出来，小到跟原子弹没有关系。

只是核爆炸后接下来的漫长年月，属于新疆时间。牛羊在戈壁上吃草的时间，大风把尘沙吹远的时间。一代人被遗忘的时间。人类的记忆不会比留在沙尘上的核持续得更长。在我们遗忘的时间里，胡杨树把早年的干旱记忆在枝干和树皮，戈壁上石头碰石头、沙埋沙的风景依然成为永恒。此刻刮过南疆的一场大风，并不晚于一千年前的那场风，也不比一百年后那场风早。在新疆的缓慢时间里，它们同时到达。

一场风压在一场风上面，在每一场风中，所有时间被翻动。所有的阳光黯淡。一个声音唤醒所有声音。一个顶风回家的人，走在所有人的道路上。他被西风吹歪屋檐的家是我们所有人的。他被搜刮得空荡荡的院落是我们所有人的。

一场风刮完了，在新疆的时间里，剩下的事情就是天上落土。新生孩子的睫毛上在落土，刚烤熟散着麦香味的馕上在落土，摆在巴扎上的干果在落土，新娘的嫁妆上在落土，乌市人民广场的纪念碑上在落土，喀什艾提尕尔清真寺的拱顶上在落土。几千年的土，一时间全落下来。

我认识的活在新疆时间里的那些人，前半生在赶巴扎的路上，后半生在去清真寺的路上。40 岁以前，活三年算一年，岁数迟迟不往前走，永远是二三十岁的小伙子。40 岁以后，活一年算五岁，几年就活到八九十岁了。一百多岁的老人到处都是。其实一些人，早就忘了自己多少岁。有一年我在尉犁县罗布人村，和当地有名的百岁老人阿不都聊天。我问他多大了。

123 岁。他说。

过了三年，我又去罗布人村，问他多大岁数了。

118 岁。他说。

这三年他往回缩了五岁。后来才知道，当地人为招徕顾客，让他做招牌。

"别人问你多大，就往一百多岁说。"旅游区的人这样安排。

他自己的岁数到底多大了，已经说不清楚。在我看来，他肯定比一百多岁还要大，我在他身上，看到那种和胡杨一样古老而结实的东西。一种特殊的只有在新疆时间里活出来的年龄。

我在新疆时间中度过了半生，我的长相既像维吾尔人，又像哈萨克人和蒙古人。我老家在甘肃酒泉，我应该是匈奴人的后裔，河西走廊一带的匈奴，在汉代多改姓皇姓。我的祖先，把什么样的姓氏丢掉，改姓为刘。我的目光肯定是这个地方的。地域的辽远和开阔，使我的眼球朝后凹进去，目光变得深邃而锐利。这是一种新疆人的目光，中亚人的目光。也是汉史中时常描述的"胡窥中原"的目光。他看见的事物肯定会不一样。

最后，我想说的是，尽管我平常用北京时间起床睡觉，上下班，吃饭，约会朋友。我死亡时，我会把一直使用的时间倒回两小时，回到我们的时间，我自己的时间。

一种黄沙中的时间。月亮、尘土和绿叶中的时间。

辑四

树上的孩子

长大的只是那些大人

我听人们说着长大以后的事。几乎每个见到的人都问我：
"你长大了去干什么？"问得那么认真，又好像很随便，像问你下
午去干什么、吃过饭到哪儿去一样。

一个早晨我突然长大，扛一把铁锨走出村子，我的影子长长
的，躺在空旷的田野上，它好像早就长大躺在那里，等着我来认
出它。没有一个人，路上的脚印，全后跟朝向远处，脚尖对着村
子，劳动的人都回去了，田野上的活早结束了，在昨天黄昏就结
束了，在前天早晨就结束了。他们把活干完的时候，我刚长大成
人。粮食收光了，草割光了，连背一捆枯柴回来的小事，都没我
的份。

我母亲的想法是对的，我就不该出生。出生了也不该长大。

我想着我长大了去干什么，我好像对长大有天生的恐惧。我
为啥非要长大不可。我不长大不行吗。我就不长大，看他们有啥
办法。我每顿吃半碗饭，每次吸半口气，故意不让自己长。我在
头上顶一块土块，压住自己。我有什么好玩的都往头上放。

我从大人的说话中，隐约听见他们让我长大了去放羊，扛铁锹种地，跑买卖，去野地背柴。他们老是忙不过来，总觉得缺人手，去翻地了，草没人锄，出去跑买卖吧，老婆孩子身边又少个大人。反正，干这件事，那件事就没人干。猪还没喂饱，羊又开始叫了。尤其春播秋收，忙得腾不开手时，总觉得有人没来。其实人全在地里了，连没长大的孩子也在地里了。可是他们还是觉得少个人。每个人都觉得身边少个人。

"要是多一个人手，就好了。"

父亲说话时眼睛盯着我。我知道他的意思，嫌我长得慢了，应该一出生就是一个壮劳力。

我觉得对不住父亲。我没帮上他的忙。

我小时候，他常常远出。我没看见他小时候的样子。也许没有小时候。我不敢保证每个人都有小时候。我一出生父亲就是一个大人。等我长大——我真的长大过吗——他依旧没有长老，我在那些老人堆里没找到他。

在这个村庄，年轻人在路上奔走，中年人在一块地里劳作，老年人在墙根晒太阳或乘凉。只有孩子不知道在哪儿。哪儿都是孩子，白天黑夜，到处有孩子的叫喊声，他们奔跑、玩耍，远远地，听到声音。找他们的时候，哪儿都没有了。嗓子喊哑也没一个孩子答应。不知道那些孩子去哪儿了。或许都没出生。只是一些叫喊声来到世上。

我还不会说话时，就听大人说我长大以后的事。

"这孩子骨头细细的，将来可能干不了力气活。"

"我看是块跑买卖的料。"

"说不定以后能干成大事呢，你看这孩子头长得前奔楼、后瓦勺，想的事比做的多。"

我母亲在我身边放几样东西：铁锹、铅笔、头绳、铃铛和羊鞭，我记不清我抓了什么。我刚会说话，就听母亲问我：呔，你长大了去干什么？我歪着头想半天，说，去跑买卖。

他们经常问我长大了去干什么，我记得我早说过了。他们为啥还问？可能长大了光干一件事不行，他们要让我干好多事，把长大后的事全说出来。

一次我说，我长大去放羊。话刚出口，看见一个人赶羊出村，他的背有点驼，翻穿着毛皮袄，从背后看像一只站着走路的羊，一会儿就消失在羊踩起的尘土里。又过了一阵，传来一声吆喝，远远地。那一刻，我看见当了放羊人的我就这样走远了。

多少年后，他吆半群羊回来，我已经不认识他。他也不认识我。

这个放一群羊长老的我，腰背佝偻，走一步咳嗽两声。他在羊群后面吸了太多尘土，他想把他咳出来。

每当我说出一个我要干的事时，就会有一个我从身边走了，他真的按我说的去跑买卖了，开始我还能想清楚他去哪里，都干了些什么。后来就糊涂了，再想不下去，我把他丢在路上，回来想另外一件事。那个跑买卖的我自己走远了。

有一年他贩一车皮子回到虚土庄，他有了自己的名字，我认不出他。他挣了钱也不给我。

我从他们的话语中知道，有好多个我已经在远处。我正像一朵蒲公英慢慢散开。我害怕地抱紧自己。我被"你长大了去干什么"这句话吓住了，以后再没有长大。长大的只是那些大人。

守夜人

每个夜晚都有一个醒着的人守着村子。他眼睁睁看着人一个个走光，房子空了，路空了，田里的庄稼空了。人们走到各自的遥远处，仿佛义无反顾，又把一切留在村里。

醒着的人，看见一场一场的梦把人带向远处，他自己坐在房顶，背靠一截渐渐变凉的黑烟囱。每个路口都被月光照亮，每棵树上的叶子都泛着荧荧青光。那样的夜晚，那样的年月，我从老奇台回来。

我没有让守夜人看见。我绕开路，爬过草滩和麦地溜进村子。

守夜人若发现了，会把我原送出村子。认识也没用。他会让我天亮后再进村。夜里多出一个人，他无法向村子交代。也不能去说明白。没有天大的事情，守夜人不能轻易在白天出现。

守夜人在鸡叫三遍后睡着。整个白天，守夜人独自做梦，其他人在田野劳忙。村庄依旧空空的，在守夜人的梦境里，太阳照热墙壁。路上的塘土发烫了。他醒来又是一个长夜，忙累的人们全睡着了。地里的庄稼也睡着了。

按说，守夜人要在天亮时，向最早醒来的人交代夜里发生的事。早先还有人查夜，半夜起来撒尿，看看守夜人是否睡着了。后来人懒，想了另外一个办法，白天查。守夜人白天不能醒来干别的。只要白天睡够睡足，晚上就会睡不着。再后来也不让守夜人天亮时汇报了。夜里发生的事，守夜人在夜里自己了结掉。贼来了把贼撵跑，羊丢了把羊找回来。没有天大的事情，守夜人决不能和其他人见面。

从那时起守夜人独自看守夜晚，开始一个人看守，后来村子越来越大，夜里的事情多起来，守夜人便把村庄的夜晚承包了，一家六口人一同守夜。父亲依旧坐在房顶，背靠一截渐渐变凉的黑烟囱，眼睛盯着每个院子每片庄稼地。四个儿子把守东南西北四个路口。他们的母亲摸黑扫院子，洗锅做饭。一家人从此没在白天醒来过。白天发生了什么他们全然不知。当然，夜里发生了什么村里人也不知道。他们再不用种地，吃粮村里给。双方从不见面。白天村人把粮食送到他家门口，不声不响走开。晚上那家人把粮食拿进屋，开夜伙。

村里规定，不让守夜人晚上点灯。晚上的灯火容易引来夜路上的人。蚊虫也好往灯火周围聚。村庄最好的防护是藏起自己，让人看不见。让星光和月光都照不见。

多少年后，有人发现村庄的夜里走动着许多人，脸惨白，身条细高。多少年来，守夜人在夜里生儿育女，早已不是五口，已是几十口人。他们像老鼠一样昼伏夜出。听说一些走夜路的人，跟守夜人有密切交往。那些人白天睡在荒野，在大太阳下晒自己的梦。他们把梦晒干带上路途。这样的梦像干草一样轻，不拖累人。夜晚的天空满是飞翔的人。村庄的每条路都被人梦见，每个人都被人梦见。夜行人穿越一个又一个月光下的村庄。一般的村子有两条路，一条穿过村子，一条绕过村子。到了夜晚，穿过村子的路被拦住，通常是一根木头横在路中。夜行人绕村而行，车马声隐约飘进村子，不会影响人的梦。若有车马穿村而过，村庄的夜晚被彻底改变。瞌睡轻的人被吵醒，许多梦突然中断。其余的梦改变方向。一辆黑暗中穿过村庄的马车，会把大半村子人带上路程，越走越远，天亮前都无法返回。而突然中断的梦中生活，会作为黑暗留在记忆中。

如果认识了守夜人，路上的木头会移开，车马轻易走进村子。守夜人都是最孤独的人，很容易和夜行人交成朋友。车马停在守夜人的院子，他们星光月影里暗暗对饮，说着我们不知道的黑话。守夜人通过这些车户，知道了这片黑暗大地的东边有哪些村庄，西边有哪条河哪片荒野。车户也从守夜人的嘴里，清楚这个黑暗中的村庄住着多少人，有多少头牲畜，以及那些人家的人和事。他们喜欢谈这些睡着的人。

"看，西墙被月光照亮的那户人，男人的腿断了，天一阴就腿疼。如果半夜腿疼了，他会咳嗽三声。紧接着村东和村北也传来三声咳嗽，那是冯七和张四的声音。只要这三人同时咳嗽了，天必下雨。他们的咳嗽先于雨声传进人的梦。"

那时，守在路口的四个儿子头顶油布，能听见雨打油布的声音，从四个方向传来。不会有多大的雨，雨来前，风先把头顶的天空移走，像换了一个顶棚。没有风，头顶的天空早旧掉了。雨顶多把路上的脚印洗净，把遍野的牛蹄窝盛满水，就住了。牛用自己的深深蹄窝，接雨水喝。野兔和黄羊，也喝牛蹄窝的雨水，人渴了也喝。那是荒野中的碗。

"门前长一棵沙枣树的人家，屋里睡着五个人，女人和她的四个孩子。她的二儿子睡在牛圈棚顶的草垛上。你不用担心他会看见我们，虽然他常常瞪大眼睛望着夜空，他比那些做梦的人离我们还远。他的目光回到村庄的一件东西上，那得多少年时光。这是狗都叫不回来的人，虽然身体在虚土庄，心思早在我们不知道的高远处。他们的父亲跟你一样是车户，此刻不知在穿过哪一座远处村落。"

在他们的谈论中，大地和这一村沉睡的人渐渐呈现在光明中。

还有一些暗中交易，车户每次拿走一些不易被觉察的东西，就像被一场风刮走一样。守夜人不负责风刮走的东西。被时光带走的东西守夜人也不负责追回来。下一夜，或下下一夜，车户捎来一个小女子，像一个小妖精，月光下的模样让睡着的人都心动。她将成为老守夜人的儿媳妇留在虚土庄的长夜里。

夜晚多么热闹。无边漆黑的荒野被一个个梦境照亮。有人不断地梦见这个村庄，而且梦见了太阳。我的每一脚都可能踩醒一个人的梦。夜晚的荒野忽暗忽明。好多梦破灭，好多梦点亮。夜行人借着别人的梦之光穿越大地。而在白天，只有守夜人的梦，像云一样在村庄上头孤悬。白天是另一个人的梦。他梦见了我们的全部生活。梦见播种秋收，梦见我们的一日三餐。我们觉得，照他的梦想活下去已经很好了。不想再改变什么了。一个村庄有一个白日梦就够了。地里的活要没梦的人去干。可能有些在梦中忙坏的人，白天闲甩着手，斜眼看着他不愿过的现实生活。我知道虚土庄有一半人是这样的。

天倏忽又黑了。地上的事看不见了。今夜我会在梦中过怎样的生活。有多少人在天黑后这样想。

这个夜晚我睡不着了。我睡觉的地方躺着另一个人，我不认识。他的脸在月光下流淌，荡漾，好像内心中还有一张脸，想浮出来，外面的脸一直压着它，两张脸相互扭。我听说人做梦时，内心的一张脸浮出来，我们不认识做梦的人。

我想把他抱到沙枣树下，把我睡觉的那片炕腾出来，我已经瞌睡得不行，又担心他的梦回来找不到他，把我当成他的身体，那样我就有两场梦。而被我抱到沙枣树下的那个人，因为梦一直没回来，便一直不能醒来，一夜一夜地睡下去，我带着他的梦醒来睡着，我将被两场不一样的梦拖累死。

梦是认地方的。在车上睡着的人，梦会记住车和路。睡梦中被人抱走的孩子，多少年后自己找回来，他不记得父母家人，不记得自己的姓，但他认得自己的梦，那些梦一直在他当年睡着的地方，等着他。

夜里丢了孩子的人，把孩子睡觉的地方原样保留着，枕头不动，被褥不动，炕头的鞋不动。多少多少年后，一个人经过村庄，一眼认出星星一样悬在房顶的梦，他会停住。已经不认识院子，不认识房门，不认识那张炕，但他会直端端走进去，睡在那个枕头上。

我离开的日子，家里来了一个亲戚，一进门倒头就睡。

已经睡了半年了。母亲说。

他用梦话和我们交谈。我们问几句，他答一句。更多时候，我们不问，他自己说，不停地说。开始家里每天留一个人，听他说梦话。他在说老家的事，也说自己路上遇到的事。我们担心有什么重要事他说了，我们都去地里干活，没听见。后来我们再没工夫听他的梦话了。他说的事情太多，而且翻来覆去地说，好像他在梦中反复经历那些事情。我们恐怕把一辈子搭上，都听不完他的梦话。

也可能我们睡着时他醒来过，在屋子里走动，找饭吃。坐在炕边，和梦中的我们说话。他问了些什么，模模糊糊的我们回答了什么，谁都想不起来。

自从我们不关心他的梦话，这个人离我们越来越远。

我们白天出村干活，他睡觉。我们睡着时他醒来。

我们发现他自己开了一块地，种上粮食。

大概我们的梦话中说了他啥也不干白吃饭的话，伤他的自尊了。

他在黑暗中耕种的地在哪里，我们一直没找到。

有一阵，我父亲发现铁锨磨损得比以前快了。他以为自己在梦中干的活太多，把锨刃磨坏了。

可是梦里的活不磨损农具。这个道理他是孩子时，大人就告诉他了。

肯定有人夜晚偷用了铁锨。

一个晚上我父亲睡觉时把铁锨立在炕头，用一根细绳拴在锨把上，另一头握在手里。

晚上那个人拿锨时，惊动了父亲。

那个人说，舅，借你铁锨打条埂子。光吃你们家粮食，丢人得很，我自己种了两亩麦子。

我父亲在半梦半醒中松开手。

从那时起，我知道村庄的夜晚生长另一些粮食，它们单独生长，养活夜晚醒来的人。守夜人的粮食也长在夜里，被月光普照，在星光中吸收水分营养。他们不再要村里供养，村里也养不起他们。除了繁衍成大户人家的守夜人，还有多少人生活在夜晚，没人知道。夜里我们的路空闲，麦场空闲，农具和车空闲。有人用我们闲置的铁锨，在黑暗中挖地。穿我们脱在炕头的鞋，在无人的路上，来回走，留下我们的脚印。拿我们的镰刀割麦子，一车车麦子拉到空闲的场上，铺开，碾轧，扬场，麦粒落地的声音碎碎地拌在风声里，听不见。

天亮后麦场干干净净，麦子不见，麦草不见，飘远的麦壳不见。只有农具加倍地开始磨损。

那样的夜晚，守夜人坐在自家的房顶，背靠一截渐渐变凉的黑烟囱，他在黑暗中长大的四个儿子，守在村外的路口。有的蹲在一棵草下，有的横躺在路上。我趴在草垛上，和他们一样睁大眼睛。从那时起我的白天不见了，可能被我睡掉了。

守夜人的儿媳魂影似的走在月色中，她的脸月亮一样，把自己照亮。我在草垛上，看着她走遍村子，不时趴在一户人家窗口，侧耳倾听。她趴在我们家窗口倾听时，我就在她头顶的草垛上，一动不动。她听了有一个时辰，我不知道她听见了什么。

整个夜晚，她的家人都在守夜，她一个人在村子里游逛。不知道她的白天是怎样度过，一家人都在沉睡，窗户用黑毡蒙住，天窗用黑毡盖住，门缝用黑羊毛塞住。半丝光都投不进去。连村庄里的声音都传不进去。

早些时候我和她一样，魂影似的走在月光里，一一推开每户人家的门。那些院门总是在我走到前，被风刮开一个小缝，我侧身进去，踮起脚，趴在窗口倾听。有些人家一夜无话，黑黑静静的。有的人家，一屋子梦话。东一声西一声，远一句近一句。那些年，我白天混在大人堆里，夜晚趴在他们的窗口，我耳朵里有村庄的两种声音，我慢慢地辨认它们，在它们中间，我慢慢地辨认出我自己。

当我听遍村子所有人家的声音，魂影似的回来，看见我们家的门大敞着，月光一阵一阵往院子里涌。沙枣树也睡着了，它的影子梦游似的在地上晃动。我不敢走进它的影子里，我侧着身，沿着被月光镶嵌的树影边缘，走到窗户根，静静听我们家的声音：他们说什么，有没有说到我。大哥在梦中喊，他遇到了什么事，只喊了半声，再一点声息没有了。也许他在梦里被人杀死了。母亲一连几个晚上没说话。她是否一直醒着，侧耳听院子里的动静。听风刮开院门，一个小脚步魂影似的进来，一定是她流失的孩子回来了，她等他敲门，等他在院子里喊。

我睡在他们中间时，我又在说些什么，那时趴在窗口倾听的人又是谁？

我下梯子时睡着了，感觉自己像一张皮，软软地搭在梯子上。以后的事情好像是梦，守夜人的儿媳把我抱下来，放在一块红头巾上。我知道我睡着了，不能睁开眼睛。我恍惚觉得她侧躺在我身旁，一只手支着头，另一只手捧着乳房，像母亲一样，把奶往我嘴里喂。我听人说，男人只有吃了第二个女人的奶，才会长大。我是否吃她的奶水突然长成大人？

一个早晨，我母亲见我搂着一个女人睡觉，吃惊坏了。我把守夜人的儿媳领到白天，和我们一起生活。后来我在路上拾到的那个女人又是谁？以后的事我再记不清，好像是别人的生活，被我遗忘了。

我只记得那些夜晚，村庄稍微有些躁动。四处是脚步声，低低的说话声。守夜人家丢了一个人，他们在夜晚找不见她，从天黑找到天亮前。他们不会找到白天，守夜人不敢在白天睁开眼睛，阳光会把他们刺成瞎子。守夜人自家的人丢了，可以不向村里交代。村里人并不知道夜晚发生了什么。

守夜人的儿子分别朝四个方向去寻找，他们夜晚行走白天睡觉，到达一个又一个黑暗村庄。每个村庄都有守夜人，虽然从不见面，但都相互熟悉。他们像老鼠一样繁殖，已经成一个群体。那些夜行人，把每个村庄守夜人的名姓传遍整个大地。守夜人的四个儿子，朝四个方向寻的路上，受到沿途村庄守夜人的热情接待。他们接待外来守夜人的最高礼仪，是把客人请到房顶，挨个讲自己村庄的每户人家。

"看，西边房顶码着木头的那家，屋里睡着五个人，一个媳妇和四个孩子。丈夫长年在外。刮西风时能听见那个女人水汪汪的呻吟。"

"东边院门半掩的那户人家里，有个瞎子，辨不清天黑天明，经常半夜爬起来，摸着墙和树走遍村子。那些墙和树上有一条被他的手摸光的路。"

在主人的一一讲述中，这一村庄沉睡的人渐渐裸露在月光里。

每个村庄的夜晚都不一样。因为村里的人不一样，发生的事就不一样。做的梦也不一样。

虽然一直生活在夜里，每个守夜人对这片大地都了如指掌。

还有一个村庄的守夜人，把村里的东西倒腾光，他们用十驾马车，拉着一个村庄的好东西连夜潜逃。一村庄人在后面追。守夜人白天在荒野睡觉，晚上奔跑。村里人晚上睡觉，白天追。所以总追不上。后来村里人白天黑夜地追赶，大地的夜晚被搅乱，一村庄人的脚步和喊叫声把满天空的梦惊醒，他们高举火把，一路点草烧树，守夜人无藏身处，只好沿路扔东西，每晚扔一车，十个晚上后，荒野恢复平静。

我把守夜人的儿媳藏在白天。天一黑就哄她睡着。人睡着后就变成另外一个人，走进另外的年月。就像刘二爷说的，藏在自己梦中的人，谁还能找见。我们顶多能找到一个人做梦的地方。走远的人都说，给我梦的地方，是我终生的故乡。守夜人的梦在白天，大太阳底下。他们的梦比我们的干燥，更轻，飘得更高更远。

　　守夜人的四个儿子回来时，父亲已经老死在房顶，母亲一个人守着孤零零的村子，那时天上开始落土。人在大地上乱跑，把土踩起来，扬到天上。土又往下落。一些东西放一晚上就不见了，守夜人知道自己再守不住这个村子，一个晚上，他们全家消失。

　　人们并不知道守夜人消失了，虚土庄没人守夜，夜晚每个路口敞开，人们留下一座没人守的村庄。梦越来越远，因为从梦中回到村庄的路远了。夜晚开始拉长，天一黑人就睡觉，太阳上墙头才醒。喊醒一个人越来越不容易，很早前狗叫一声人就醒了，风吹动窗纸人就会惊醒。现在，嗓子喊哑也不会喊醒一个人。有的人，好像醒了，挤眼睛，翻身，伸腿，那只是半醒，他在努力把断了的梦续上。谁愿意醒来，除非饿得不行了，梦见的饭再不能吃饱人，人醒过来，点火烧饭。人开始看重梦里的东西，白天好像变得不重要。人只希望尽快熬过白天，进入另一个夜晚。地里的活没人操心，甚至有人认为梦见的东西才是自己的。以前人们想方设法把梦里的东西转移到白天，现在好像反了，有人想把自己的马带到梦中，把马牵到炕头，一只手牵着缰绳入梦。人在梦中老被人追赶，跑得两腿发软，那时候他的马却不在身边。想把钱带到梦中，把做熟的饭带到梦中，把自己喜欢的人带到梦中。

　　人们忙于解决梦中遇到的问题，村庄里生活变轻了。

树上的孩子

我天天站在大榆树下，仰头看那个趴在树上的孩子。我不知道他的名字，也许没有名字。他的家人"呔、呔"地朝树上喊。那孩子听见喊声，就越往高爬，把树梢的鸟都吓飞了。

村里孩子都爱往高处爬。一群一群的孩子，好像突然出现在村子，都没顾上起名字。房顶、草垛、树梢，到处站着小孩子，一个离一个远远的。大人们在下面喊：

"呔，下来。快下来。下来给你糖吃。"

"看，老鹰飞来了，把你叼走。"

"再不下来追上去打了。"

好多孩子下来了。那个年龄一过，村庄的高处空荡了，草垛房顶上除了鸟、风刮上去的树叶，和偶尔一个爬梯子上房掏烟囱的大人，再没什么了。许多人的头低垂下来。地上的事情多起来。那些早年看得清清楚楚的远山和地平线，都又变得模糊。

只有那个树上的孩子没下来，一直没下来。他的家人把各种办法用尽了。父亲上去追，他就往更高的树梢爬。父亲怕他摔下来，便不敢再追。他用枝叶在树上搭了窝，母亲把被褥递上去，每天的饭菜用一个小筐吊上去。筐是那孩子在树上编的。那棵榆树长得怪怪的，一根磨盘粗的独干，上去一房高，两个巨权像一双手臂向东斜伸过去。那孩子趴在北边的树权，南边的权上落着一群黑鸟，啊啊地叫，七八个鸟巢筑在树梢。

我不知道那孩子在树上看见了什么。他好像害怕下到地上。

村里突然出现许多孩子，有的比我大，有的比我小，不知道从哪儿来的。多少年后他们长成张三、韩四，或刘榆木，我仍然不能一一辨认出来。我相信那些孩子没有长大，他们留在童年了。长大的是大人们自己，跟那些孩子没有关系。不管过去多少年，只要有人回去，都会看见孩子们还在那里，玩着多少年前的游戏，爬高上低，村庄的房顶、草垛、树梢，到处都是孩子。

"上来。快上来。"

只要你回去，就会有一个孩子在高处喊你。

只有那个树上的孩子被我记住了。有一天他上到一棵大榆树上，就再不下来，他的家人天天朝树上喊。我站在树下，看他看地上时惊恐的目光。地上究竟有什么，让他这样害怕。一定有什么东西被他看见了。

我记不清他在树上待了多久，有半个夏天吧。一个早晨，那个孩子不见了，搭在树梢的窝还在，每天吊饭的小筐还悬在半空，人却没有了。有人说那孩子飞走了，人一离开地就会像鸟一样长出翅膀。也有人说让老鹰叼走了。

多少年后我想那个孩子，觉得那就是我。我五岁时，看见他趴在树上，十一二岁的样子。他一脸惊恐地看着地上，看着时而空荡，时而人影纷乱的村庄。我站在树下盯着他看，他也盯着我，我觉得那个树上的目光是我的。我十一二岁时在干什么呢？我好像一直没走到那个年龄。我的生命在五岁时停住了，剩下的全是被别人过掉的生活。多少年后我回来过我的童年，那棵榆树还在，树上那孩子搭的窝还在。他一脸惊恐地目睹的村子还在。那时我仍不知道他惊恐地上的什么东西。我活在自己看不见的恐惧中。那恐惧是什么，他没告诉我。也许他一脸的恐惧已经把什么都告诉我了。

我五岁时看见自己，像一群惊散的鸟，一只只鸣叫着飞向远处。其中有一只落到树上。我的生命在那一刻，永远地散开了。像一朵花的惊恐开放。

一朵花向整个大地开放自己

我记住临近秋天的黄昏，天空逐渐透明，一春一夏的风把空气中的尘埃吹得干干净净。早黄的叶子开始往远处飘了。我的母亲，在每年的这个时节站在房顶，做着一件我们都不知道的事。

她把油菜种子绑在蒲公英种子上，一路顺风飘去。把榆钱的壳打开，换上饱满麦粒。她用这种方式向远处播撒粮食，骗过鸟、牲畜。在漫长的西风里，鸟朝南飞，承载麦粒、油菜的榆钱和蒲公英向东飘，在空中它们迎面相遇。鸟的右眼微眯，满目是迅疾飘近的东西；左眼圆睁，左眼里的一切都在远去。

我很早的时候，看见母亲等候外出的父亲，每个黄昏她做好晚饭等，铺好被褥等。我们睡着后她望着黑黑的屋顶等。我不知道远去的人中哪个是我的父亲。我不认识他。偶尔的一个夜晚他赶车回来，或许是经过这个有他的家和孩子的村庄。在我迷迷糊糊的梦中，听见马车吆进院子，听见他和母亲低声说话。他卸下几袋粮食装上几张皮子，换上母亲纳的新鞋，把他穿破的一双鞋脱在炕头。在我们来不及醒来的早晨，他的马车又赶出村子上路了。出门前他一定挨个地抚摸我们的头，从土炕的这边到那边，他的五个孩子，没有一个在那时候醒来，看他一眼，叫声爹。他走后的一年里，这个土炕上又会多一个孩子。每次经过村庄他都会让母亲再一次怀孕，从他离开的那一夜起，母亲的身体会一天天变重。她哪儿都去不了。我的母亲，只有在每年的五月，榆钱熟落时，成筐地收拾榆树种子。她早早把榆树下的地铲平，扫干净，等榆钱落了厚厚一层，便带我们来到树下。那时东风已刮得起劲了。我们在沙沙的飘落声里，把满地的榆钱扫成堆，一筐筐提回家。到了六月，早熟的蒲公英开始朝远处飘了。我的母亲，赶在它们飘飞前，把那些带小白伞的种子装进布袋，她用它给儿女们做枕头，让她的孩子夜夜梦见自己在天上飞，然后，她在早晨问他们看见了什么。

许多事情他们不知道。母亲，我看你站在高高的房顶，手一扬一扬，仿佛做着一件天上的事。风吹种子。许多事情没有弄清。一棵蒲公英只知道它的种子随风飘起，知不知道每一颗都落向哪里。第二年春天，或夏天，有没有它们落地扎根的消息随风传来。就像我们的亲人，在千里外的甘肃老家，收到我们在虚土庄安家的消息。

那些信上说，我们已经在一道虚土梁上住下来，让他们赶紧来，我们在梁上等他们。虚土梁是一个显眼的高处，几十里外就能看见我们盖在梁上的房子，望见我们一早一晚的炊烟。

信里还说，我们在梁上顶多等五年。顶多五年，我们就搬到一个更好的地方。

　　他们说等五年的时候，只想到五年内故乡的亲人有可能到齐，地里的余粮够重新上路，房后的榆树长到可以做辕木。

　　可是，栽在屋前的桃树也会长大，第三年就开花结果。那些花和果会留人。今年的桃子吃完了，明年后年的鲜桃还会等他们。等待人们的不仅仅是远处的好地方，还有触手可及的身边事物。

　　一年年整平顺的地会留人，走熟的路会留人，破墙头会留人。即使等来的老家亲人，走到这里也早筋疲力尽，就像当初人们到来时一样，没有往前走的一丝力气。

　　不过，等到真正动身了，人就已经铁了心，什么东西都留不住了。铃铛刺撕扯衣襟也没用，门槛绊脚也没用，泪水遮眼也没用。

　　关键是人动身之前，下午照在西墙的一缕阳光，就把人牢牢留住。长在屋旁一棵小草的浅浅花香，就把人永远留住。

　　蒲公英从五月开始播撒种子。那时早熟的种子随东风飘向西边的广阔戈壁。到了七月南风起时，次熟的种子被刮到沙漠边的灌木丛，或更远的沙漠腹地。八九月，西风骤起，大量熟落的种子飘向东边的干旱荒野。十月，北风把最后的蒲公英刮向南山。南山是蒲公英最理想的生息地。吹到北沙漠的种子，也会在漫长的漂泊中被另一场风刮回来，落在水土丰美的南山坡地。

　　一年四季，一棵生长在虚土梁上的蒲公英，朝四个方向盛开自己。它巨大的开放被谁看见了。在一朵蒲公英的盛开里，我们生活多年。那朵开过头顶的花，覆盖了整个村庄荒野。那些走得最远的人，远远地落在一朵飘飞的蒲公英后面。它不住地回头，看见他们。看见和自己生存在同一片土梁的那些人，和自己一样，被一场一场的风吹远。又永远地跑不快跑不远。它为他们叹息，又无法自顾。

一粒种子在飘飞的路途中渐渐有了意识，知道自己要往哪儿去，在哪儿扎根。一粒种子在昏天暗地的大风中睁开眼睛，看见迅疾向后漂移的荒漠大地，看见匍匐的草，疯狂摇晃的树木，看见河流、深陷荒野的细细流水，和向深扩展的莽莽两岸，看见一片土坡上，艰难活命的自己，一根歪斜的枝，几片皱巴巴的叶子。看见秋天从头顶经过，风声枯涩，带走夏天时就已坠地的几片黄叶——这就是我的命啊。一粒种子在落地的瞬间永远地闭上眼睛。从此它再看不见自己。不知道自己是否发芽，是否长出叶子，是否未落稳又被另一场风刮走。它的生长，只是一场不让自己看见的黑暗的梦。

这就是一棵草。

它或许永远不知道自己怎样活着。它的叶子被一只羊看见，被飘过头顶的一粒自己的种子看见。

就在人们待在村里，梦想着怎样远走的那些年，一群鸟一次次飞到南方又回来。一窝蚂蚁，排起长队，拖家带口迁徙到戈壁那边的胡杨绿地。连爬得最慢的甲壳虫，也穿过荒滩去了趟沙漠边。每一朵花都向整个大地开放了自己。

马老得胡子都白了

我出生时爷爷就是一个老头,我没看见他的壮年、青年和少年。我一睁眼他就老掉了。后来,我没长大,他又不见了。我不知道他去了哪里。在他的记忆中,我没有青年、中年,也没有老年。他没看见我长大。我也没看见。一个早晨,人们把他放到车上,他穿着新衣新裤新鞋子,好像睡着了,闭着眼睛。父亲把缰绳搁在他手里,一根青柳条的细绳鞭放在另一只手里,然后马车嘚嘚上路了。

多少年后,我开始记事的时候——也许没有多少年,只是比一个早晨稍长一点的时间——一辆空马车从村子另一边回来,径直走到我们家门口。马老得胡子都白了,车也几乎散架。车厢板上一层沙尘一层树叶,说明马车穿过多少个秋天和春天。

母亲说,这辆马车是陪送你爷爷的,没让它回来。

它是不是把爷爷送到地方,来接我们?我在心里说。

空马车从此停在院子,车架用一个条凳支起。老马拴在棚下,母亲说它快死了,却没死,一直拴在草棚下面。从我记事起就有一匹老马拴在草棚下，不吃草不睡觉。夜里眼睛白白望着我们家门，望着窗户和烟囱。我从草棚下来，悄悄站在它身后，顺着它的眼睛望去，我们家木门在星光里，暗暗开了，又关住，又开了。一下一下，像多少人进进出出，炕睡满了，地上站满了。我不敢进屋。我睡觉的地方睡满了不认识的人。车空空停在院子，等了多少年，辕木都朽了一根，没一个人上路。

秋天，跑顺风买卖的冯七说，在老奇台看见我爷爷。他穿着新衣新裤新鞋子，坐在一条向南的巷子里，晒太阳。冯七过去跟他说话。老人家说不认识他。怎么可能呢？冯七说了许多虚土庄的事，老人家一个劲摇头。

我爷爷可能被一段颠路摇醒，看见自己新衣新裤新鞋子，躺在马车上，就什么都明白了。他把车掉回头，拍了一把马屁股，车便空跑回来。我爷爷回过头，往上百年的往事里走，他经过我出生看见他的那段日子时，我感觉有一个亲人回来，我闻到他的气息，他带来的风声里没有一粒尘土。我没看清他的面容，只感到我在他的目光里，我静静停住，后退几步，想让他看清我。我想他会停留一段日子，我听见他的脚步，在院子里走动，有时走到路上又回来。他一定知道我感觉到了他。他的脚步越来越轻，我越来越安静。什么都听不见时，我站在阳光中，不敢走动，怕碰到他身上。他可能就在沙枣树荫里，在木头上，斜歪着身子。或许站在我身后，胡须垂到我的头顶。

这样的时刻很长，有几个季节，我停住生长。跑买卖的马车时常经过村庄。院门一天到晚敞开。家里剩下我一个人。我爷爷回来的时候，他们都到哪儿去了。

　　突然，有一天我再感觉不到他。院子变得空空的。我知道他走了。

　　他走进没有我的漫长年月，在那里，他和我从没见过面的奶奶，过着我不知道的日子。多少年后，他回到童年时，我听见他的喊声，我回过头。那时我刚好在童年，我和他·起玩捉迷藏，爬树梢上房顶。我不知道和我玩耍的孩子中有一个是我爷爷。他回来过自己的童年。在那里他和我不分大小。

　　他往回走的时候，曾经收获过的粮食又一次被他收获。早年的一日三餐，一顿不缺，让他再次吃饱，用掉的力气也全回到身上。

月光也追过来

夜晚我穿过村子，走进那排矮土屋中的一间，我关好门，静静蹲着。那排旧房子一直没有拆掉，那时我有一件自己的小房子，我夜夜回到那里，孤单、害怕。门薄薄的，风一吹就能破。窗户在高高的后墙上，总是半开着，我够不着。我打开锁，锁孔有点锈了，老半天打不开，一阵一阵的风从后面追来，我不敢往后看。门终于打开了，我又不敢一下进去，开一个小缝，朝里望，黑黑的。有人吗，我在心里说。

一坨月光落在地上，我一侧身进去，赶紧关门，用一个木棍牢牢顶住，再用一个木棍顶在下面，这时我听见风涌到门口，月光也追过来，透进门缝的月光都会吓我一跳。我恐惧地坐在里面，穿过村子的那条路晾在月色里，我能看清路的拐角，一棵歪柳树的影子趴在地上。刚才，我匆忙走过时，没敢往那边看，我觉得它像一个东西，在地上蠕动，有时它爬到路中间，我远远绕过去，仿佛它会吃掉我。过了那个拐角是一个长着矮芦苇的坑，路弯弯地向里倾斜，我也不敢向坑里看，那些芦苇花一摇一摇，招魂似的，风一大就朝路上扑。我总感觉后面有东西追过来，是一阵风还是一缕月光，还是别的什么，我不敢往后看。我偷偷摸摸的，好像穿过村子时被谁看见了，我甚至害怕被房子和树看见。门薄薄的，天窗永远敞着，不管我来还是不来，那坨月光都在地上汪着。我坐久了，它会慢慢移过来，照在我的腿上、脸上。我不敢让它照，就坐在它移过的地方，然后看见它越移越远。我抬起头，从天窗望出去，满世界的月光。月亮不见了。

而我们的新房子，在村子西边，比旧房子还要破旧了。

但我不害怕刮风。风越大我睡得越安静。仿佛我在满天地的风声中藏掖好自己。那时我可以翻身，大声喘气咳嗽，我的声音隐藏在树叶和草垛的声响中。

我记得我在村庄的夜晚行走的模样，我小小的，拖着一条大人的影子。我趴在别人的窗口倾听，有时趴在自家的窗口倾听，家里没有一丝声音，他们都到哪儿去了？别人家也没人。院门朝里顶住，门窗关着，梯子趴在墙上，我静悄悄爬上房，看见一个大人的影子也在爬墙，他在我下面。我上去时他已经在房顶，好像他早就在房顶等我了。

夏天的夜晚天窗口敞开，白白的一坨月光落在屋里，有时在地上，照见一只鞋，另一只被谁穿走，有时照见两只，一大一小，仿佛所有人穿着一只鞋走在梦中，另一只留在炕头，等人回来。月光移过炕头时，照见一张脸，那么陌生，像谁的父亲，和兄弟。

我孤单一人站在童年

村里剩下我一个老人。先我老掉那一茬人，走着走着不见了，前面再没人了。这时我听见最后面那些小孩子中，有叫王五的，有喊冯七、张三的，他们又回到童年，还是一块玩老的那一群，又重新开始了。

村子又回到多少年来的老样子。我从六十岁往七十岁走的时候，他们正从三十岁往四十岁走。当时我走过这个年岁时，他们都没长大，我掌管着村子，做梦一样做了许多美滋滋的好事情。我的脚印还留在那里，我撒尿结的碱壳子还留在芨芨草和红柳墩下面。我没走远的身影还在他们的视野。他们从不担心在荒野上迷向，而害怕在时间中找不到路，活着活着到了别处。我要是使坏，把他们往时间岔路上领，乘夜晚睡糊涂时，把他们领回到过去，或带到一个他们不认识的年月，他们也没办法。我的前面再没人了，往哪儿走不往哪儿走，我说了算。停下不走也是我说了算。有一年我不想动弹了，死活不往下一年走，他们也得受着，把吃过的粮食再吃一遍，种过的地再种一遍。他们可以掌管村庄，让地上长粮食，女人怀孕。但我掌管时光。我是村里最老的人，往时光深处走的路密布在我的额头和眼角。

　　我不能走得太快。我不知道自己的寿数，往前走到某个年月突然就没有我了。我可不能让他们走到一个没有我的年月。要是我不在了，年月还叫年月吗。

　　多少年后，我从村庄走失，所有的人停下来。年轻人、跟在我后面老掉的那一群人，全停下来，不知道往哪儿走。我走着走着一脚踏空。谁也看不清前面路上让人一脚踏空的大坑。这个大坑，就像那片耗掉过几茬牛劲的泥沼泽，现在它干涸了，还是有人和牲口走着走着一头栽进去。

　　他们跟着我，以为我能绕过去。我确实一次次绕过去，可是，这个坑越来越大，我看不见它的边时，就不想再绕了。我一脚踏空——可能进去了才知道，那是一道家门。但他们不知道。

　　那一刻他们全停住。我离开后时光再没有往前移，连庄稼的生长都停止了。鸟一动不动贴在天上。人，和天地间的万物，在这一刻又陷入迷糊，我们跟着时间走是不是一个天大的错误。就在多少年前，人们在虚土庄落脚未稳的一个夜晚，全村人聚在那个大牛圈棚里，商议的就是这件事：我们跟时光走，还是不跟时光走。可能有些人，并没像我们一样日出而作，日落而息，我们在时光中顺流而下时，他们也许横渡了时光之河，在那边的高岸上歇息呢。也许顺着一条时光的支流，到达我们不清楚的另一片天地。谁知道呢，我一脚踏空的瞬间看见他们全停住了。往回落的尘土也停住。狗叫声也在半空停住。

　　这时，他们听见我远远的喊声，全回过头，看见我孤单一人站在童年。

天空的大坡

一只一只的鹞鹰到达村子。

它们从天边飞来时，地上缓缓掠过翅膀的影子。在田野放牧做活的人，看见一个个黑影在地上移动，狗狂吠着追咬。有一些年，人很少往天上看，地上的活把人忙晕了。

等到人有工夫注意天上时，不断到来的翅膀已经遮住阳光。树上、墙上、烟囱上，鹰一只挨一只站着，眼睛盯着每户人家的房子，盯着每个人。

人有些慌了。村庄从来没接待过这么多鹞鹰，树枝都不够用了。鹰在每个墙头每棵树枝上留下爪印。

鹰飞走后那些压弯的树枝弹起来，翅膀一样朝天空扇动。树干嘎巴巴响。

树仿佛从那一刻起开始朝天上飞翔。它的根，朝黑黑的大地深处飞翔。

人只看见树叶一年年地飞走。一年又一年，叶子到达远方。鹰可能是人没见过的一棵远方大树上的叶子。展开翅膀的树回来。永远回来。没飘走的叶子在树荫下的黑土中越落越深，到达自己的根。

鹰从高远天空往下飞时，人看见了天空的大坡。

原来我们住在一座天空的大坡下。那些从高空滑落的翅膀留下一条路。

鹰到达村子时，贴着人头顶飞过。鹰落在自己柔软的影子上。鹰爪从不沾地。鹰在天上飞翔时，影子一直在地上替它找落脚处。

刘二爷说，人在地上行走时，有一个影子也在高远天空的深处移动。在那里，我们的影子看见的，是一具茫茫虚土中飘浮的劳忙身体。它一直在那里替他寻找归宿。我们被尘土中的事物拖累的头，很少能仰起来，看见它。

我们在一座天空的大坡下，停住。盖房子，生儿育女。

我们的羊永远啃不到那个坡上的青草。在被它踩虚又踏实的土里，羊看见草根深处的自己。

我们的粮食在地尽头，朝天汹涌而去。

那些粮食的影子，在天空中一茬茬地被我们的影子收割。

我们的魂最终飞到天上自己的光影中。在那里，一切早已安置停当。

鹰飞过村庄后，没有留下一片羽毛，连一点鸟粪都没留下。仿佛一个梦。人们望着空荡荡的村庄，似乎飞走的不是鹰而是自己。

从那时起村里人开始注意天空。地上的事变得不太重要了。一群远去的鸱鹰把翅膀的影子留在了人的眼睛里。留下一座天空的大坡，渐渐地，我们能看见那座坡上的粮食和花朵。

　　刘二爷说，可能鹰在漫长的梦游中看见了我们的村庄。看见可以落脚的树枝和墙。看见人在尘土中扑打四肢的模样，跟它们折断了翅膀一样。

　　他们啥时候才能飞走啊。鹰着急地想。

　　可能像人老梦见自己在天上飞，鹰梦见的或许总是奔跑在地上的自己，笨拙、无力，带钩的双爪沾满泥，羽毛落满草叶尘土。

　　这说明，我们的村庄不仅在虚土梁上，还在一群鹞鹰的梦中。

　　每个村庄都有它本身和上下两个村庄组成。上面的村庄在人和经过它的一群鸟的梦中。人最终带走的是一座梦中的村庄。

　　下面的村庄在土中，村庄没被埋葬前，地下的村庄就存在了。它像一个影子在深土中静候。我们在另一些梦中看见村庄在土中的景象：一间连一间，没有尽头的房子。黑暗洞穴。它在地下的日子，远长于在地上的日子。它在天上的时光，将取决于人的梦和愿望。

　　到村庄真正被埋葬后，天上的村庄落到地上，梦降落到地上。那时地上的一棵草半片瓦都会让我们无限念想。

　　我看见这个地方的生命分了三层。上层是鸟，中层是人和牲畜，下层是蚂蚁老鼠。三个层面的生命在有月光的夜晚汇聚到中层：鸟落地，老鼠出洞，牲畜和人卧躺在地。这时在最上一层的天空飞翔的是人的梦。人在梦中飘飞到最上层，死后葬入最下一层，墓穴和蚂蚁老鼠的洞穴为邻。鸟死后坠落中层。蚂蚁和老鼠死后被同类拖拉出洞，在太阳下晒干，随风卷刮到上层的天空。在老鼠的梦中，整个世界是一个大老鼠洞，牲畜和人，全是给它耕种粮食的长工。在鸟的梦中，最下一层的大地是一片可以飞进去自由翱翔的无垠天空。鸟在梦中一直地往下落，穿过密密麻麻的树根，穿过纵横交错的地下河流，穿过黑云般的煤层和红云般的岩石。永远没有尽头。

给太阳打个招呼

有几年，我认为村里最大的一件事情，就是没人给太阳打招呼。

太阳天天从我们头顶过，一寸一寸移过我们的土墙和树，移过我们的脸和晾晒的麦粒。它落下去的时候，我们应该给它打个招呼。至少村里有一个人在日落时，朝它挥挥手，挤挤眼睛，或者喊一声。就是一个熟人走了，也要打个招呼的，况且这么大的太阳，照了全村人，照了全村的庄稼牛羊，它走的时候，竟没人理识它。

也许村里有一个人，天天在日落时，靠着墙根，或趴在自己家朝西的小窗口，向太阳告别，但我不知道。

我五岁时，太阳天天从我家柴垛后面升起。它落下时，落得要远一些，落到西边的苞谷地。我长高以后看见太阳落得更远，落到苞谷地那边的荒野。

我长大后那块地还长苞谷。好像也长过几年麦子，觉得不对劲。七月麦子割了，麦茬地空荡荡，太阳落得更远了，落到荒野尽头不知道什么地方。西风直接吹来,听不见苞谷叶子的响声,西风就进村了。刮东风时麦子和草一块在荒野上跑,越跑越远。有一年麦子就跟风跑了,是六月的热风。人们追到七月,抓到手的只有麦秆和空空的麦壳。我当村主任那几年,把村子四周种满苞谷,苞谷秆长到一房高,虚土庄藏在苞谷中间,村子的声音被层层叠叠的苞谷叶阻挡,传不到外面。

苞谷一直长到十一月,棒子掰了,苞谷秆不割,在大雪里站一个冬天。到了开春,叶子被牲畜吃光,秆光光的。

另外几年我主要朝天上望,已经不关心日出日落了。天上一阵一阵往过飘东西,头顶的天空好像是一条路。有一阵它往过飘树叶,整个天空被树叶贴住,一百个秋天的树叶,层层叠叠,飘过村子,没有一片落下来。另一阵它往过飘灰,远处什么地方着火了,后来我从跑买卖的人嘴里,没有听到一点远处着火的事,仿佛那些灰来自天上。更多时候它往过飘土,尤其在漫长的西风里,满天空的土朝东飘移。那时我就说,我们不能朝西去了,西边的土肯定被风刮光,剩下无边无际的石头滩。

可是没人听我的话。

王五说,风刮走的全是虚土。风后面还有风,刮过我们头顶的只是一场风,更多的风在远处停住,更多的土在天边落下。

冯七说,西风刮完东风就来了,风是最大的倒客,满世界倒买卖,跟着西风东风各跑一趟,就什么都清楚了。

韩三说,西风和东风在打仗,你把白沙扔过去,他把黄土扬过来。谁也不服谁。不过,总的来说,西风在得势。

在我看来，西风东风是一场风，就像我们朝东走到奇台再返回来。风到了尽头也回头，回来的是反方向的一场风，它向后转了个身，风尾变风头，我们就不认识了。尤其刺骨的西风刮过去，回来是温暖的东风，我们更认为是两场风了。其实还是同一场风，来回刮过我们头顶。走到最远的人，会看到一场风转身，风在天地间排开的大阵势。在村里我们看不见，一场一场的风，就在虚土庄转身，像人在夜里，翻了个身，面朝西又做了一场梦。风在夜里悄然转身，往东飘的尘土，被一个声音喊住，停下，就地翻个跟头，又脸朝西飘飞了。它回来时飞得更高，曾经过的虚土庄黑黑地躺在荒野。

我还是担心头顶的天空。虽然我知道，天地间来来回回是同一场风。但在风上面，尘土飘不到的地方，有一村庄人的梦。

我扬起脖子看了好几年，把飞过村子的鸟都认熟了。不知那些鸟会不会记住一个仰头望天的人。我一抬眼就能认出，那年飘过村子的一朵云又飘回来了。那些云，只是让天空好看，不会落一滴雨。我们叫闲云。有闲云的天空下面，必然有几个闲人。闲人让地上变得好看，他们慢悠悠走路的样子，坐在土块上想事情的姿势，背着手，眼睛空空朝远望的样子，都让过往的鸟羡慕。

忙人让地上变得乱糟糟，他们安静不下来，忙乱的脚步把地上的尘土踩起来，满天飞扬。那些尘土落在另外的人身上，也落在闲人身上。好在闲人不忙着拍打身上的尘土，闲人若连身上的尘土都去拍打，那就闲不住了。

这片大地上从来只有两件事情，一些人忙着四处奔波，踩起的尘土落在另一些人身上。另一些人忙着拍打，尘土又飞扬起来。一粒尘土就足够一村庄人忙活一百年。

那时村里人都喜欢围坐在一棵榆树下闲聊。我不一样，白天我坐在一朵云下胡思，晚上蹲在一颗星星下面乱想。

刘二爷说，我们一天的大部分时间，朝西看。因为我们从东边来的，要去西边。我们晚上睡着时，脸朝东，屁股和后脑勺对着西边。

要是没有黑夜，人就一直朝前走了。黑夜让人停下，星星和月亮把人往回领，每天早晨人醒来，看见自己还在老地方。

真的还在老地方吗？我们的房子，一寸寸迁向另一年。我们已经迁到哪一年了？从我记事起，到忘掉所有事，我不知道村里谁在记我们的年月。我把时间过乱了。肯定有人没乱，他们沿着日月年，有条不紊地生活，我一直没回到那样的年月。我只是在另一种时间里，看见他们。看见在他们中间，悄无声息的我自己。我不知道那是不是我。我在村庄里的生活，被别人过掉了。我在远处过着谁的生活。那些在尘土上面，更加安静，也更加喧嚣的一村庄人的梦里，我又在做着什么。

谁也没走掉

整个冬天，雪封住远远近近的道路。粮食堆在仓里，劈好的烧柴码在墙根。只剩下睡觉一件事情。人在睡，牲畜也在睡。每个人，都可以睡到瞌睡尽头，谁也不喊谁。先醒的人看见其他人都睡着，一闭眼又睡过去。那时人会知道瞌睡尽头不一定是天亮，有时是另一个夜晚。

人们又聚在大牛圈里，商量什么时候走。因为走是每家每户的事。要全村一起走，不能剩下一户人，连一头牲口也不能剩下。每家都要说说自己啥时能动身。准备好的人也不能先走，得等那些没准备好的人，可能一等几年，谁知道呢。也不能睡着等、闲坐着等，该种地还要种地，该出去跑买卖的还要出去，等到被等的人家准备好了，等待他们的人家又有麻烦了，家里的一个人没有回来，或者女人又怀孕了，随便一件小事又把人留一年。能留人的事多着呢，你听他们说的话，好像都在说要走的事。

"等我们家黑牛娃子长大了就走。"杜才说。

"我们家房后那棵柳树长到能做椽子了就走，已经长到胳膊粗了，再有两年就成材，现在走了可惜了，走到哪儿都要盖房子，带上几根木头不会错的。谁能保证去的地方就一定有树。有树就一定正好能做椽子。"韩三说。

"等我们把房子住坏再走吧，墙还结实着呢，一个口子都没有。即使到了一个新地方，不知道我还能不能盖起这么结实的房子。你们都知道，盖房子要打土墙，打土墙要有劲。而我已经没多少劲了，我的儿子还没长大成人。"邱老二说。

"我不管他们了，这一年庄稼收了，我们就走。"胡木说。

走是虚土庄最大的事。每当决定要走的时候，满村子母亲喊孩子的声音，仿佛每家都有一个孩子没回来。

母亲呼喊的时候，远远地顺着风声，听见孩子的答应，小虫子的鸣叫一般，听见树叶一样细细的脚步声，朝村子走近。那时我蹲在墙头，看一场风刮进村子，远处的树叶一片片涌到墙根，落到窗台和门槛。每年每年，那些远处的树叶，学着孩子的脚步走进村子。当两片树叶，一起一落走在荒野，所有母亲竖起耳朵。

就像那时，人们停下来等一个孩子出生，现在，所有人停住手中的活，停住要走的想法，等好多孩子回家。

有几年，是父亲嚷嚷着走，母亲说要等一等。她听见了孩子的脚步声，母亲知道自己有几个孩子，哪个来了，哪个还在路上。父亲等不及，就一次次赶马车出远门。他回来时家里果然多了一个孩子，两眼生生望着他。家里每多一个孩子，父亲就多一个陌生人。

另几年村子突然忙起来，好多年的事情，堆到一起。连有五个儿子的父亲，都叹息人手不够。

"我们真应该再等些年呢。"当父亲的说这句话时，眼睛看着村外，仿佛他的另五个儿子，正在回家的路上。

有一年人们似乎准备好了，家家招呼着要走。仓里的粮食装进麻袋，长成椽子的树砍倒，绳子和筐派上用处。俗话说，跑三年，一根棍。守三年，背不动。人们不知道住了几年，或许已经很多年，早不是以前的那一茬人。早些年说着要走的那些人，可能早走掉了。我觉得人们的模样已有所不同。村子已经换了几茬人，我依旧没有长大，看不清他们的脸，我只能从鞋子和裤腿认识那些人。好多脚回到村子，好多鞋子没回来。

人们往车上装东西，往房子外搬东西。绳子不够用了，许多东西要捆起来运走，捆起来的东西好像也没法全运走，把一房子一院子的东西装到一辆车上，简直是件无法想象的事。于是，扔掉什么，带走什么，变得比走不走更重要了。

每家都有矛盾，往往为一个小东西的扔与不扔，妻子和丈夫，丈夫和儿子，儿子和母亲，爷爷和孙子都不能统一意见。

正当人们为此发愁，突然，做顺风买卖的人从奇台那边带来消息，说有一个人正向虚土庄走来，他在奇台生病了，住了一个冬天。他向所有遇见的人打问虚土庄子人，村里每个人的名字他都问到了。现在他的病大概好了，那个人可能已经闻着这一年的麦香走来了。

因为不知道那个人的名字，长相也没说清，就都认为是自家的亲戚。

我们得等一下这个人。王五爷说。

好不容易准备好了，我们不能因为一个谁也说不清的人，把多少年的计划放弃了。冯七爷说。

我们可以在墙上写字，说明我们去的方向。让他随后跟来。刘五说。

这怎么行呢。王五爷说，那个人走到虚土庄，肯定像我们当时一样，累得没劲了。他会停下来过冬，这一冬一过，就说不上了。俗话说，黄金屁股西风腿。意思是说，人的屁股比金子还沉，一坐下再想起来，不容易。尤其春天来了，他看到我们扔掉的这么多耕好的地，他怎么舍得呢。还有这么多没人住的房子。说不定他就一年年住下去了。拖住我们的东西一样会拖住他。那样他老死也走不出这个村子。也许他会回到老家，再喊一帮子人，到这个村庄来过日子。而我们一直想着有一个人在路上追赶我们，我们在哪儿落脚都会不安心，老是回头望。这样我们又会变成歪脖子。

等待的人没来。第二年夏天，路过虚土庄的买卖人说，那个人确实离开奇台向虚土庄方向来了，他走了大半年，应该早到了。会不会留在别的村庄，不来了。或者走过了头，半夜穿过村子，只要走过去，前面再不会有虚土庄，他就会没有尽头地走下去，像被野户地人报复的韩三一样。

倒是有几封信从甘肃老家寄来，说有好几个人已经动身来投奔我们。让我们一定在虚土庄子等。

那就再等两年。顶多等三年。王五爷说。

等十年也不会等齐他们。冯七爷说。

从甘肃老家到新疆省城，再过老沙湾到虚土庄，几千里路，数不清的岔路口，我们又不能在每个岔路口站一个人等他们。出来十个人，最后有没有一个人走到这里，谁也说不清。许多人会把路走岔，知道自己走错路时，已经没办法回去，也许走着走着人老掉了，没有重走一条路的时间和力气。

即使没走错路的人，也不一定能走这么远。人动身离家时都以为自己有目的，手里拿着一个遥远的地址。那里有亲人等着自己。可是一走到路上就是两回事了。尤其几千里的路，人走着走着发现自己像一个梦游者慢慢醒来，人在路上边走边想，有时会住在一个地方想一阵子再走，这一阵子有多长就没数了，短则几天数月，长则几年。人只要在中途停下，待几个月，想法就会变，好吃好喝好女人，都能留下人。一个好梦也能留下人。尤其碰见个好女人，怎么舍得离开。人就会想，剩下的路算了，不走了。

好多人留下了。人走着走着就忘掉目的，随便在一个村庄住下来，生儿育女。

在那些荒野中的村落里，到处住着这样的人，问他们从哪儿来的，都知道。问他们到哪儿去，都不知道。好像都住在路上，随时要离开的样子，随便盖几间房子，又矮又破。随便种一块地，不方不圆。从来不修条平顺路让自己走。都在凑合，十年二十年过去，五十年过去，却很少有人搬走。村子越来越破旧。上一代人埋在村外了，下一代人仍不安心，嚷着要走。

所有路都走遍了。每人都想把村子带到自己的路上。夜晚他们暗暗围在一起，讲自己找到的路，尤其跑顺风买卖的，跑遍这片荒野，知道的路比头发还多。可是，他们都对别人不屑一顾。当冯七说出一条通向柳户地的路时，韩三就会反驳，我跑遍了荒野，怎么从来没看见没听说这样一条路。而韩三说出走荒舍的一条路时，冯七又提出同样的质疑。

谁都看不见别人走过的路。围在油灯下的一村庄人，谁看谁都是黑的。一个村庄，不可能走上一条只有一个人知道的路。

麻　绳

　　我在等刘榆木醒来，说个事情。他靠在麦草堆上扯呼，说梦话。我不知道他还要睡多久。太阳移到麦草堆后面去了。谁家的麦场，麦子早打完拉入仓了，丢下一堆麦草，一群麻雀在四周飞叫。我闲逛过来，见睡着的刘榆木，突然想起，去年秋后，压冬麦的时候，刘榆木借了我们家一根麻绳，一直没还，可能都用成麻丝了。我得问问他，把麻绳要回来。去年的一个早晨，他敲我们家门，说要借一根绳子。他的车停在路上，车上装着麦种。要压冬麦了。我把一根绳子递给他。那时家里人都没醒来，或许家里人都走了，剩下我一个人。我自己做主把绳子借给刘榆木，然后我看着他吆车朝北边走，那以后我去了哪儿，是回到屋里接着睡觉，还是出门去了别处，我记不清了。后来他们回来发现家里少了一根绳子，四处找。要过冬了，他们在野滩砍了好多柴，回来拿绳子去背。绳子不见了。或许他们又出去找绳子。其间我回到家，冬天已经过去。也可能冬天没来。迎面到来的是另外一个夏天。我始终没遇见他们。也许他们回来我正在梦中。家里的开门声再不能唤醒我。因为我借给别人一根绳子，就好像把一个冬天都借出去了。以后的记忆不知到哪儿去了。直到我看见刘榆木，才突然想起那根绳子。他睡在别人家的麦草堆上。一群鸟在四周叫。鸟分不清人的睡和醒，夜里人睡着时鸟也睡觉了。人用稻草人都可以吓鸟。有些人也分不清自己的睡和醒。就像我弟弟。我分清了吗？多少年后我回想这件事，因为我看见睡着的刘榆木，我自然是醒的。我在刘榆木身边坐下，也靠在麦草堆上，听刘榆木说梦话。我希望听他说到一根绳子的事。有几年，我夜夜趴在别人家墙根，听人说梦话。白天我凑在大人堆里，听人们说胡话。这两种话，一个尘土一样朝天上扬，另一个空马车一样向远处飘。没有一句话落到村庄的一件事上。我没有听到过这个村庄的正经话。是他们没说过，还是我没听见。他们说正经话干正经事的时候，也许我睡着了。现在，我要等一个人醒来，说件正经事。一根绳子的事。我希望鸟吵醒他。

等着等着我睡着了。我睡着时，被谁唤去割了大半天麦子。我听见谁喊了一声，然后看见自己站在一片麦地中。四周黑黑的，麦地也黑压压，看不到边。也看不清在什么地方。我以为是自己家的麦子，别人家的麦子全割完了，我们家麦子剩在地里。人都到哪儿去了。我急急收割着，把浑身的劲都用了。割着割着觉得不对劲，这不是我们家的麦地。

我醒来时，刘榆木不见了，他睡过的麦草上留下一个坑。四周也听不见鸟叫。我本来找刘榆木要我的麻绳，打了一会儿盹，就被谁使唤割了一大片麦子。这么多年，我在梦中干的活，做的事，比在白天多得多。尤其在梦中走的路，比醒来走的路更远。

我的腿都在梦中跑坏了，可我还待在村里。

我很小时，母亲教我怎么做梦。她说给我弟弟听的，那时他分不清梦和现实。我分清了，但我看不住梦里的东西，也不能安排我的梦。

在梦中你由不得自己，母亲说，梦中你变成啥就安心当啥，不要去想。别人追，你就跑，跑着跑着会飞起来，跑不掉就跑不掉，死了也不要紧。不要扭着梦。在梦中我们看见自己在做什么，甚至看见自己的脊背，说明我们的眼睛在别处。而在现实中我们看见的都是别人。那时眼睛在自己头上。知道这一点，你就能准确判断自己在梦中，还是醒了。梦是给瞌睡安排的另一种生活。在那里，我们奔跑，不用腿。腿一动不动，看见了自己的奔跑。跑着跑着飞起来。飞起来就好了。一场梦里，只有一个人会飞。因为每一场梦，只配了一对翅膀，或者一个飞的愿望。你飞起来了，其他人就全留在地上。

我时常在梦中飞，像一只鸟，低低地，贴着屋顶树梢，贴着草尖沙梁，一圈一圈绕着村子飞。有时飞到远处，天空和戈壁一样荒芜。我只是无倦地飞。为哪只鸟在飞。飞到哪里算完。

我在那样的飞行中，遇到唯一亲切的东西就是风。遇到风我就回头，我手臂张开，衣服张开，腿张开，嘴张开，朝着虚土梁。我在远处遇到的风，全朝着回家的方向刮。一场风送一个人回家。风停住人到家。虚土梁是风的结束地，也是风开始的地方。它还是我的梦开始和结束的地方。

卖磨刀石的人

房子一年年变矮，半截子陷进虚土。人和牲口把梁上的虚土踩瓷，房子也把墙下的虚土压瓷。那些地，一阵子长苞谷，一阵子又长麦子。这阵子它开始长草了，从虚土庄到天边，都是草。草木把大地连起来。

七月，走远的人回来说，东边是大片的铃铛刺，一刮风铃铛的响声铺天盖地，所有种子被摇醒，一次次走上遥远的播种之路。红柳和碱蒿把西边的荒野封死，秋天火红的红柳花和天边的红云相连，又从天空涌卷回来，把村庄的房顶烟囱染红，把做饭的锅染红，晚归的人和牛也是红的。

只有几个孩子的梦飘过北边沙漠。更多人的梦，还在早年老家的土墙根，没走到这里。只有回到老家的路是通的，那条路，被无数的后来者走宽，走通顺。

刘二爷说，我们无法利用一场梦，把村庄搬到别处。即使每人梦见一辆大车，梦见一条畅通无阻的大路，可是，又有谁能把这些车和路梦到一起，梦中谁又会清醒地知道我们的去处？

七月，跑买卖的冯七闻着麦香回来，马脖子上的铃铛声在几里外传进村子。我们对他拉回来的东西没一点兴趣，只喜欢听他说外面的事，他跑的地方最多，走的路最远。那些夜晚，村里一半人围在冯七家院子。有人想打听自己家人在远路上的消息，有人想打问自己的消息。冯七从不带回来同村人的消息，仿佛他们在远处从没有相遇。仿佛每个人都去了不同的地方。

当冯七讲完他经过的所有村庄后，天还没亮，院子黑压压坐着人，有的睡着了，有的半睡半醒。这时就有人问，你每次回来时，看见了一个怎样的虚土庄？你见识了那么多人，回来看见的虚土庄人又是怎样一种人？我们在怎样的生活中过着一生？

冯七说，我从北边回来的那个下午，看见虚土庄子的背后，零乱的柴垛，破土墙，粪堆，潦草圈棚。看见晚归人落满草叶尘土的脊背，蓬乱的后脑勺。我就想，我们一次次收工回去的是这样一座破烂村庄，一天天的劳忙后我们变成这样一群佝偻背影。

而我从南面回来的早晨，看见的却是另一番情景：整洁的院落，敞亮的门窗，刚洒过水，清扫干净的路，穿着一新准备出门的村人。南面是村庄的门面，向着太阳月亮。我们不欢迎从北边来的人，我们把北边来的人叫贼娃子。北边没有正经路，北边是我们长柴火、放羊、套兔子打狼的地方。南来的路到了虚土庄，叉开两条腿，朝西朝东走了。

我还没有从天上到达过虚土庄，不知道一只鸟、那群飞旋的鹞鹰看见了一座怎样的村庄。它们呱呱地叫，因为我们的哪件事情。它们在天上议论我们村子，落到地上时说天上的事，叽叽喳喳，说三道四。听懂鸟语的人说，鸟天天在天上骂人，在树枝上骂人，人以为鸟给自己唱歌，高兴得不得了。柳户地村有个懂鸟语的，也会听猪马羊这些牲口的话，他只活了 27 岁，死掉了。说是气死的。所有动物都在骂人，诅咒人。那个听懂牲口话的人就被早早骂死了。

冯七讲述的远处村庄让人们彻底绝望。他把村里人的脑子讲乱了，弄不清到底有多少个村庄。当他讲述一个村庄时，在人们心中就会有三四个相同的村庄，出现在不同的远方。它们星星一样密布在远远近近的地方。

无论我们朝哪个方向走，最终都将溶入前方的一个村庄，在那里安家落户，变成外来人，种别人种剩的地，听人家指使。

另一些买卖人带来的消息，证实了冯七的说法。这片荒野四周都已住满人，只剩下虚土庄周围的这片荒野。虚土庄人的远方早就消失了，人、牛马羊，都没有更远的去处。以前我们认为连鸟都飞不过去的北沙窝，到处是人走出的路，沙漠那头的人，已经把羊群赶过来，吃我们村边地头的草了。他们挖柴火的车，也已停到我们村边，挖我们地头墙根的梭梭红柳。老早我们叫砍柴火，砍一些梭梭红柳枝就够烧了。现在近处的梭梭红柳枝被砍光，我们只有挖它们的根。

刘二爷说，那些车户，一开始想找一条路，把整个村子带出去。后来走的地方多了，把别处的好东西一车车运回村子时，觉得没必要再去别处了。况且，他们找到的所有路都只适合一辆马车奔跑，而不适合一个村庄去走。他们到过的所有村庄都只能让一个人居住，而无法让一个村庄落脚。

　　七月，麦香把走远的人唤回村子。割麦子了。磨镰刀的声音把猪和羊吓坏了。卖磨刀石的人今年没来。大前年七月，那个背石头的人挨家挨户敲门。

　　卖磨刀石了。

　　南山的石头。

　　这个喊声在大前年七月的早晨，把人唤醒。突然，人们想起该磨刀割麦子了。本来割麦子不算什么事，每年这个时节都割麦子。麦子黄了人就会下地。可是，这个人的喊声让人们觉得，割麦子成了一件事。人被突然唤醒似的，动作起来。

　　那时节人的瞌睡很轻，大人小孩，都对这片陌生地方不放心。夜晚至少有一半人清醒，一半人半睡半醒。一片树叶落地都会惊醒一个人。守夜人的两个儿子还没出生。另两个，小小的，白天睡觉，晚上孤单地坐在黑暗中，眼睛跟着父亲的眼睛，朝村庄的四个方向，转着看。守夜人在房顶上，抵挡黑暗的风声。风中的每一个声音都不放过。贴地刮来的两片树叶，一起一落，听着就像一个人的脚步，走进村子。风如果在夜里停住，满天空往下落东西。落下最多的是尘土叶子，也有别的好东西，一块头巾，几团骆驼毛。

　　后来人的瞌睡一年年加重，就很难有一种声音能喊醒。狗都不怎么叫了。狗知道自己的叫声早在人耳朵里磨出厚茧。鸡只是公鸡叫母鸡。鸡叫声越来越远，梦里的一天亮了，人们穿衣出门。

一块磨刀石五年就磨凹了。再过两年，我才能听到那个背石头人的敲门声。他在路上喊。

卖磨刀石了。

南山的石头。

然后挨家敲门。敲到我们家院门时，我站在门后面，隔着门缝看见他脊背上的石头。他敲两下，停一阵再敲两下。我一声不吭。他转身走到路中间时，我突然举起手，在里面哐哐敲两下门，他回过头，疑惑地看一眼院门，想转身回来，又快步朝前走了。过一阵我听见后面韩拐子家的门被敲响。

卖石头的人在南山采了石头，背着一路朝北，到达虚土庄再往西，路上风把石头的一面吹光。有时碰见跑顺风买卖的，搭一段路。但是很少。卖石头的人大多走侧风和顶风路，迎着麦香找到荒野中麦地拥围的村庄。

他再回到虚土庄时我已经长大走了。我是提一把镰刀走的，还是扛一把铁锨，或者赶一辆马车走的，我记不清。那时梦里的活开始磨损农具，磨刀石加倍磨损，早就像鞋底一样薄了。一块磨刀石两年就磨坏了。可是卖磨刀石的人，来虚土庄的间隔，却越来越长，七八年来一次。他背着石头在荒野上发现越来越多的村庄，卖石头的路也越走越远，加上他的脚步，一年比一年慢，后来多少年间，听不到他的叫卖声了。

终于轮到我说话了

又过了多少年，村子里安静下来，仿佛几代人的话都已经说完。人们回到各自的角落，悄无声息过着日子。曾经聚集着许多人的场地上，如今游逛着几条瘦狗，每个下午都坐满了人的那根木头上，现在只拴着一头老牛。除了偶尔的一两声狗吠驴鸣，很难再听到谁的声音。

人们等待一个出来说话的人。好多人的话都说完了，王五，冯七，韩拐子，都没有话说了。尽管没话说的这些年，地里的庄稼依旧青了黄，黄了青，榆树依旧在春天长出叶子，牛羊依旧在发情季节怀上羔。但人的耳朵里空荡荡的。又发生了许多事，经历了许多东西，却没有人说出来。一件事若不被人说出来，就像没发生似的。粮仓满了，肚子吃饱喝胀了，人的耳朵饥饿地端多着，灌进去的只有一阵阵风声和一年中次数不多的几点雨声。人们渴望听到谁的声音。那些说完了话还想再说的人，尽管不时大张着嘴，出来的却只有废气，他们的嘴里空掉了。

　　终于轮到我说话了。我一直没听见我说话，好像我没有嘴，没有声音。我只睁开耳朵，听见风声，和随风飘来的各种声音，那些声音中有一两句可能是我的，我认不出来。我可能说过些什么，最后全变成了风声。

　　这个村庄，有什么可说的呢。我听多了那些男人女人的话，即使从一棵草一只鸡说起，也会没完没了讲下去。把一只鸡或一棵草的事讲完，村子的事也就讲完了。甚至从一粒土说起，也把一个村子的事说完。当然，要从一个人说起，也行，说到最后也还是到一粒土为止。

　　不过，不同的人会说出完全不一样的村子。过去多少年后，人们回忆起这个村子，其差别简直天上地下。因为每个人在心中独自经历的事情，比大家一块经历的要多得多。这个村庄的人根本没有共同记忆。过了一辈子的夫妻间没有相同记忆，兄弟姐妹间也没有。每个人记住的，全是不被别人看见的梦。

　　多少年后土地再盛不下人的梦。就像那时在老家，土地盛不下人的死亡，每挖一锨土都惊动亡人。现在，人们每干一件事情都要惊醒别人的梦。醒着的人，不得不移开睡着的人，土地狭小得不能让人安稳地躺下做梦。再没有地久天长的睡眠，让人把一个梦做好多年。

　　而那时候，到处是睡着的人，太阳和月亮底下，都有人的梦。路上、房顶、田埂、草叶下面，都是人做梦的地方。睡着的人，不知道醒着的人干了什么。醒着的人，一样不知道睡着的人梦见了什么。

童年过去，我在自己的梦里。

青年过去了我在自己的梦里。

老年过去我在自己的梦里。

我哪儿都没去，在自己的梦里转了一些年月。我真实的生活在哪儿我不知道。过掉我一生的人都不说话。我又做完了谁的梦。

我醒来。他们说该我说话了。

也该我说两句话了。

我当了多少年的旁观者。那时村子里一片喧哗，人们的争吵声夹杂着牲畜的鸣叫，经年不息。我有许多想说的话但我插不上嘴，我的个头不高，嗓门也不大，只有站在一边，一次次把涌到嘴边的话咽到心里。那时候我想，如果我能坐在那根木头上说几句话多好，我会把所有知道的说出来。我会先说出风，说出风中的尘土和树叶，说出经过我耳朵的所有声音，说出一个早晨的气味和响动，说出我在远处的生活。我可能一直没有走进村子，我在一个夜晚，听到自己的脚步声，听到一个小小的手指敲门，我不能肯定是我进村了。后来的一个早晨我醒来，我想说出，我看见自己走远的那个早晨，可能是另一个梦。但我什么都说不出，我想了多少年的那些话，不知到哪儿去了，也许它找到了另一张嘴，在另一个村庄，被另一个人全部地说出来。多少年后，它们顺风传回村子，灌进我的耳朵。

在虚土庄的好多年里，有一个人始终没有说话。他们觉察到了。他们的话全说完，嘴都说得没牙了，这时他们突然发现我没有张口。

我背着手，在村里走了一圈，没遇见一个人。路都快荒掉了，不像那些年，村子里整日尘土翻天，到处是匆忙奔走的人，有的在村里村外转，有的往远处跑，村庄周围的荒野上踩出一条一条的路。在那些梦中飞到村庄上头的人眼里，虚土庄就像一只向四面八方伸出触角的黑蜘蛛。而在飞过村庄的一群鹞鹰的印象中，这个村庄被一条条长绳拴在荒野中。

它哪儿都去不了了。连动一下都不可能。

多少年来只有那群鹞鹰看清了虚土庄子。无论跑顺风买卖的冯七，还是守夜人，都没从天上到达过这个村子。也许早年爬到树梢上再没下来的那个孩子，真的看见了什么。现在，通向远处的路全荒芜，在外奔波的人早已回来。可能还有没回来的，每天一早一晚，站在村头清点人数的张望，多少年前就已望瞎眼。他只有耳朵贴在地上，倾听远路上的动静。

又有一个人回来了。他自言自语。

他能听出村里每个人的脚步，每头牲口的脚步。

那些回到家里的人，再不愿迈出家门半步，有的在院子里低头干活，有人靠着土墙仰头望天。没人朝路上看。走在路上似乎是一件很丢人的事。

而那些年，待在家里的人被小看。有本事的人全在路上。

他们把一百年的路都跑完了，我什么事都没干，什么话都没说。一个村庄就这么多话，全被人说完了。他们以为我还有话，他们在等。他们等了多少年，我仿佛长大了，坐在他们中间，和他们一样过着日子，又好像一直没长大，长大的全是别人，他们把所有的事做完，话说完，所有的路走完，然后回来，看见我什么事都没做，个子都没长一点。

我坐在哪儿，他们围到哪儿，我咳嗽一声，马上引来好多人，以为我要说话了。我放个屁都有人注意。他们认为，虚土庄应该还有许多事没说出来。这些事肯定在没说话的人嘴里。

虚土庄又回到一个早晨，不向中午移动的早晨。所有曾说出的话，尘土一样落下，说狗的话原落到狗身上，说人的话落到人头上，说草木的话落到荒野草木上。那些言不及物的空话，没地方落，附在云朵上，孤独地睁开眼睛。村庄回到多年前的早晨，炊烟从潮湿的烟囱冒出来，怯生生地朝上飘。

一天黄昏，我正在房子里想事情，有人在外面喊我的名字，喊了三声，一声比一声大。全村人都听见了，可我没答应。我想他喊第四声我就出去。他再没喊，留下一串走远的脚步声。这个人是周天易。我知道他找我有啥事。我不想理他。

前天我在村子转的时候遇见过他。

我远远看见村子那头的路上蹲着一个人，走近时他站了起来。

"我等你很长时间了。"他说。

"我知道你会露面。该我们出来说话了。这个村庄的多少年里，有两个人始终没说话，一个是你，一个是我。我不知道你为啥没说话。我看你整天恍恍惚惚的，好像心不在这个村子。现在，该我们出来说话了。我们得整些事情。"

从来没有人这样跟我说话，他把我当大人，他可能看到我身体中独自长大的那部分。这个人也刚刚长大，他不知道村里已经没有可整的事，所有事被那些先长大的人干完，他白长大了。

这个人最后赶一辆马车，跑顺风买卖去了。他赶车出村的时候，所有马车早已回到村子，早就没人干这件事情了，连风都不刮了，树叶和尘土都不往远处飘了。村里剩下我一个没说话的人。我好像乘机当了几年村主任。依旧没说几句话。比我大的人全糊涂了，更年轻的还不懂事。我说的有数的一些话，都说给风听了。虚土庄的人没听见我说几句话。我也没听见我说过什么话。虚土庄的事情都是谁说出来的。也许谁都没有说出来，它只是一棵树一样长出来，每一年、每个枝叶、每块树皮、每条根须都被我们看见。我们看见它的时候，有一只眼睛，在云朵上，孤单地看见我们。

我在远方哭我听不见

很早前的中午，我跑到村头寻找父亲，看见一条一条分岔的路，我就意识到，我有可能活成村里任何一个人，也可能活成我无法认识的一个外乡人。

我五岁的早晨，看见许许多多个我走出村子，四面八方的尘土被我踩起来，我在每一条路上听到我的脚步声，每一阵风中闻到我的呼吸，在每一朵花瓣上，看见我的微笑。

我在那里等他们回来。

我等了多少年。人们一个个长大走了。马和牛也长大走了。连小蚂蚁都长大走了。

后来我出去找他们。

我走的时候，不知道自己依旧是个孩子。我以为童年早已过去。青年和老年都早已过去。我也许早就不在了。我看见的只是自己的影子，被撕碎，散落风中。

从那时候，到现在，一个又一个我在远方死去，我不知道。白骨落成山的远方，在埋葬我。狼在荒野上撕咬我的尸体。我在远方哭我听不见，我流血我觉不出痛。我的死亡我看不见。我远处的好日子被谁过掉了。我有一千双眼睛，也早望瞎了，我有一万条腿，也跑不过命。我只有一颗小小心灵，它哪儿都没去，藏在那个五岁孩子的身体里。

一场一场的风把村子扫得干干净净。没有树叶从远处飘来，没有尘土。所有的叶子多少年前就飘过村子。那些被赵香九和车户下过赌注的叶子，被一声声鸟叫惊飞的叶子，变成尘土刮回村子，落进眼睛也认不出。没有回来的人，多年后变成尘土飘回来，被我们当空气呼进呼出。风一阵一阵吹向村子。风把飘远的东西全刮回来。远方又变得安静，远处的路上和树叶下面，再没有我们村里的人。

而那些年，太阳落下升起的地方，都有我们的人咳嗽和说话。天边的那些星星下面，也有我们的人打盹和抽烟。从各个方向刮来的风中，都有我们村的人踩起的尘土。

一群一群的大人漂泊在远处，无家可归。他们从二十岁往三十岁走的时候，像小马驹一样撒着欢子，小毛驴一样尥着蹶子。路上的土一阵阵飞扬起来。他们从四十岁往五十岁走时，就像负重的老牛了。现在那一茬子人，奔走在六十岁的路上，有些人已看不见自己的七十岁，路快让他们走完。他们慢了下来，往哪儿走路都快到头了。马老了，人的腿也坏了，时光让他们慢下来，时光在怜惜时光。

这时候，他们听见我在童年的呼唤。

不断有老掉的人从远处回来。我站在村头等他们。好像一个秋季到了，那一茬人树叶子一样纷纷往回落。我不知道回来的哪个人是我。满村子的开门声。一些门被人推开，更多的门被风推开。我等老掉的自己从远处回来。只要远处路上扬起尘土，我就站在村头等。

拉半车疙疙瘩瘩的东西进村的是冯七。他的马车后面跟着一场风。他把一场一场风领进村子，又带到荒野。

骑着一匹瘸马回来的人好像是韩四，他的车可能跑坏丢在远路上。

那个挥一根空鞭杆走回来的人又是谁。好像是胡三，多少年前，他不是拉一马车苞谷从村西边走的吗，怎么从村东边回来了。我记得他曾经几次马不停蹄穿过村子。他每次回来时我都骑在路边的破墙头，小小的个子，一点没长。可惜他一次都没朝我望。如果他看我一眼，会知道一切都没改变。那个孩子还停留在童年。他在外奔波的多少年，可能只是一天。

我感到过掉我一生的人就要出现了。那个替我在世间活命的人，他究竟是谁，把我的漫长一生活成了什么样子。他该回来向我交差了。

可是，回来的只是别人。冯七、韩三、刘榆木，在秋天的下午赶车回来。满天空飘着树叶，漫长的西风刮起来了，他们过完远处的日子，开始往回走。他们回来的时候，看见我依旧是个孩子，瘦瘦小小的，歪着头。那个过掉我一生的人，也许就走在他们中间。我认不出他。他叫了别的名字，活成我不认识的一个大人。而我又在活着谁的童年呢。

辑五

黄沙梁日记

——《寻找一个人的村庄》纪录片拍摄日记

走进黄沙梁

摄制组到达沙湾县四道河子镇。天黑好一阵了。因为十一放假，镇上领导大多不在。财政所潘所长设宴接风。潘是地道的本地人，新疆老户，朴实中透着机敏。这也是这一带农民的特性——他们有一种老老实实的聪明。

多少年来，这块土地上老老实实地生发着一些不老实的事情。土地有它本身的神秘和不可知。

我们在充满棉花和成熟苞谷味的黄昏里穿过柳毛湾、老沙湾、黄沙梁。现在，我们的摄像机、摇臂、小张和二毛的脸，连同田野上的大片棉花一起，埋在四道河子镇的长夜里。再过八九个小时，这块地方的天空大地才会对他们——摄制组的其他人缓缓打开。

我在自己的晴朗白天里写这些文字。

许多年前，我把这里的漫漫黑夜熬尽了，剩下全是属于自己的晴朗白天。不管外面的天亮不亮，我都能看清楚这块土地上的事情。

我在这里度过了人生最初的二十多个年头。我们家最早挖地窝子落户的黄渠村距四道河子镇十几公里，与后来居住的太平渠相距二十公里。这一带统称黄沙梁地区。

2000 年 10 月 1 日晚

寻找"一个人的村庄"

今天的主要任务是踩点。镇政府提供了两辆小车,财政所潘所长和武装部小张带路,我们在秋天的田野上四处寻找"一个人的村庄"。

我们不会再完整地找到这个村庄。它的半堵残墙或许扔在新垦村,一个烂牛棚忘在龙口村的哈萨克族人家院子里。渠边村的村头有点像它的样子,里面却面目全非了。还有它的绕过一些东西又绕过一些东西弯曲地回到村里的道路。它的狗吠、鸡鸣、驴叫和牛哞,像早年的细碎银子丢失在村庄田野里。

土地上曾经有过的许多美好去处,就在不远处。只是我们再没有通向它的道路。

这辆翻山越野、跑得飞快的汽车驶不到那里。那架高倍数的广角摄像镜头伸不到那里。一颗普普通通的心有可能到达。一只细腿薄翼的蚊子或许先于人的心灵赶到那个村子。一条狗的眼睛里浸满我们所有的美好往日。一片草叶下的家园盛景。一捧土里祖先和子孙们的微笑和私语。

我离开的时候，没有想到多少年后我会带着一帮子人，开着车、扛着家伙，来寻找一个根本找不见的村子。

2000 年 10 月 2 日上午

紧贴着大地

这一带的村庄都很低矮。大地荒野尽头隐约的一些房屋，紧贴着大地，比草稍高一点，或者一般高低。草茂盛时看不见村子。只有一早一晚的炊烟，袅袅绕绕地向远处招着手。

人也是紧贴着地生活。人好似害怕自己长高了，窜到天上去，身上总压着些东西：一把锹、一捆柴、半麻袋苞谷、骑在脖子上的孩子……人被压上几十年就再直不起腰。到老了手能摸着地，脸贴向尘土。

更早年月人们住地窝子，睡眠和梦都低于土地。人的梦想是一粒种子，地下面发芽，地上生长，成熟后落进土里。

村庄和人就像大地上的草皮，不压迫大地。不阻碍大地向更远辽阔而去。

一场风刮过村子。一束阳光穿过村子。一只鸟、一片树叶，径直地飞过村子。

那些矮土墙不阻挡阳光。那些更低矮的埂子分不清庄稼和草的自由生长。那些人，从村南头走到村北头就走完了一辈子。地辽阔而去。风刮过村子。阳光接连不断地穿过村子。

2000 年 10 月 2 日下午

对芥的怀想

许多年前，我写这篇小说时，芥在心里是一片迷雾。我从来没有清楚地看见她。我写了三万字、五万字。我想，当我写到十万字时，芥这个女人会从迷雾中走出来。

可是没有。我的写作在一片迷茫中停住。

后来这篇小说的一部分作为散文收入《一个人的村庄》。

一个女人是在男人长达一生的时间里完成的。对男人来说，开始女人是一个梦幻。中期是个别女人。到最后仍是一个梦幻。

我不想让芥成为某个个别的女人。

一个浑身散发青草味的女人。早晨的炊烟一样的女人。开着花的女人。就要结籽、却犹豫不定的女人。怀着春孕的女人。她的胸脯上五谷丰登，贮藏着一个村庄的所有粮食。

当她离去，她的脊背不落一丝尘土。我们把所有尘土背在身上，让她纯洁地离去。我们把所有枯黄留在心中，让青青春日随她而去。我们把所有苦累的劳动留下，留给粗糙扭曲的手臂。我们用老所有身体器官——走老腿、望断脖子、累折腰，把身体的纤柔优美留给她。

我们望穿双眼，望枯双眼。把唯一的清纯留在她的眸子里。

我们留下，全都留下，让她一个人离去。

我们死去，全都死去，让她一个人活下。

我们等待她的回眸。她笑容里一早一晚的阳光催熟五谷。

她胸脯上我们一生一世的粮仓高高耸立。

我们等待她的回望。我们早就不等待早晨的太阳了。

我们活在不能自拔的自己的过去年月里。

等待她深情的回望。

2000 年 10 月 3 日清晨

另外年月的荒凉

在新垦村找到一个理想的院落。是摄像小罗最先发现的，他惊奇坏了，这就是我们要找的那个荒芜家园。小罗虽然没怎么读过我的书，但他认得荒凉。他一眼就认准了。

这的确是难得的一个荒芜家园。低矮残旧的房子，门窗破烂。尤其是院子长满荒草，草一直长到墙根，拥住门。门前的小菜园里长着一架歪斜的西红柿，几行茄子。随意长出的一些葫芦和甜瓜秧扯进院子的荒草里，瓜都熟透了，葫芦都长老了，也没人管。旁边的牲畜圈空空破破的，一架几乎朽掉的牛车被扔在里面。

我们扛着设备去拍这个荒芜的院子时，院门口站着一个中年女人，手提菜刀，眼睛斜视着我们。

听村里人讲，这户人家的女人是个傻子，他们在这个破院子前面盖了两间房子住人，这个院子就撂荒了。

要是个正常的好女人，哪能让这么大一个院子撂荒，早收拾得辙辙顺顺了。一个村民说。

我们进去时她没有拿刀砍我们，大概她看出我们手中的家伙比她的厉害，没见过，不敢贸然动手。

在她的旧院子里，在她斜视着眼睛的监视下，我们支好升降摇臂，架好机器，镜头对着满院子的荒草缓缓摇过去。

在那些村民的眼睛里，我们是一群头脑同样不正常的傻子。

这些人脑子有病，村里那么多新房子好院子不照，专照这个破院子。我听他们说。

无论再过去多少年，这片大地上总会因这样那样的原因而撂荒一些东西。它就在某个角、某一片田野大地上，我们发现它时，它已仅剩荒芜。

还有更荒凉的、一个村庄又一个村庄、无原无因荒废掉的人的生命。它们被看上去似乎不错的那些好年景，一日日地掩饰着。

2000 年 10 月 3 日上午

丢失的农具

这个破院子里还需要一些道具。我对王导说。

王导根本没在这种院子里生活过，不知道院子里还能有什么。他带了块白布，在院子里拉了根铁丝，把白布挂上去。

我极力反对，他还是挂了上去。他天真地要在院子里制造一些他自己的东西，尽管是一块毫无意思又很扎眼的白布。

这个院子里的生活离开时，有些东西被带走了，有些自己消失。还有一些，因为残缺、挪移了位置，已经不知道当时的用途。

但我清楚哪些地方放着哪样东西。我知道一个家园里所有的生活及生产用具：铁锹、木锹、斧头、桶、木叉、磙子……以及夹杂其间的让它们生动起来的人的叫喊声，说话、哭、笑，牛哞、狗吠和鸡鸣。

可是，我们不会在任何一户人家中找全这些东西。没有哪户人家把所有农具都置全了才开始生活。

生活是一个不断添置、丢失、损坏、再更换的过程。其间可能有一把磨秃的芨芨扫帚，慢慢地，什么也扫不起来。一把卷刃的镰刀扔在荒草中。

有些农具一年才用一两次。有些农具好几年用一次，甚至用一次就再没用了。人都把这件农具忘了，或者它都放朽掉了，这件农具的活却又突然出现了，让人猝不及防。

我们家搬到沙湾县城后，家里的农具大都扔的扔、丢的丢、只留下一把铁锹，对付院子里的一小块菜地。因为不再割草，镰刀早不知丢哪儿去了。不用砍柴劈柴，那把锋利的钢板斧头也好几年看不见。我们过着不费体力的轻闲日子，以为再也用不着那些东西了。可是，有一年，突然地，我们家院子旁边的几棵杨树长大长粗，想砍掉用它盖房子。满院子找那把斧头，再也找不见了。

2000 年 10 月 3 日上午

一场酒宴

罗摄像一早回北京取广角镜头，两三天回来。这期间摄制组无事。我、永和、小张、小钟去沙湾县城，永和开车。一来给小张购演出服装，二来回家看望父母。小张这几天一直为没合身的演出服装着急、生气。王导在乌市买了一大块绿布，想用它把小张包裹起来，试了数次都没样子。小张想回乌市取自己的衣服，被我阻止。她担心王导的那块绿布把她的小腰身缠没了。

晚上在沙湾东公园蒙古包吃饭。我弟弟方如果安排的。再过几天是小张的生日，我说今天正好没别的事，就算给你过生日吧，小张说，过就过吧。

叫了几个好朋友，还让沙湾有名的新星食品厂厂长张宝儒亲自做了个生日蛋糕送过来。一场酒席就在热热闹闹中开始了。

谁也不知道这场酒席会吃出什么结果。

既然开始了，就一定要进行下去。我们什么事都可以做不到底，至少要把一场酒喝到底。这是规矩。

席间最高兴可爱的是小钟，她是这部片子的责编，不太能喝酒，却很投入，谁敬酒都不拒绝。吃喝了一阵子她说头有点晕，一歪身子躺在炕上睡着了。酒桌摆在毡房的大炕上，一侧身就能躺倒。我们也没管她，继续喝酒，都快把她忘了，突然地她又坐起来，揉揉眼睛，凑到桌子边跟我们一起吃喝，喝了几口又头晕了，一歪身躺过去。我们在她的睡睡醒醒里喝了一轮又一轮，一大堆酒瓶喝空了。

中间来了几个多年前的老朋友，都在外面有职务，趁过节回乡探望父母。听说我来了，他们过来看看。

这场酒喝到什么程度散了我都记不清了。永和喝多了。小张出去了，不知为什么她有点不高兴。我跟大伙走出毡房时，永和正叫喊着让我们上车回四道河子，我的几个朋友在拦他。喝得醉醺醺的，怎么能开车呢。

小张坐在出租车上，也要回四道河子，屡劝无效，给司机50元车钱送她回去。

我们到旅馆住下，已是夜里一两点钟。

　　　　　　　　　　　　　　　　2000 年 10 月 4 日

走掉的女人

酒醒。开车回四道河子。

一路上想着昨晚走掉的小张。永和说得对，确实不该让她独自搭车回四道河子。虽然是聚在一起拍片的短暂几日，但已是不短的日子了。

每一天里人都在度过一辈子。

倘若这一天就是我们几个人的一辈子，有一个人已经先我们走了，她撇下我们，仿佛我们扔掉她。

酒在给人欢乐的同时已经暗暗地把一场酒宴的方向改变了。我们相信酒是快乐的东西，酒在肠胃中引领，我们追随它，一路欢乐、欢乐……突然地这个东西不见了。有人因一杯酒、半句话，甚至多少年前的一件小事生气了，骂人、耍脾气、掀桌子、打架。有人不知什么原因转身而去，其他人去追，去劝，人劝回来了，追回来了，快乐却找不见了。我们都围着这个人，你一句话我一句话。想帮着把这个人的快乐找回来。

怎么回事呢，刚才还好好的。

我们面面相望，不知道这个人的快乐跑哪儿去了。它一直跟我们的快乐在一起的。就在刚才，他的欢笑声还在房梁上绕来绕去。我们心里就像牧人走丢了一只羊一样空落落的。我们每个人都是这一群快乐的牧羊人。谁把这个人的快乐放牧丢了？

不断地说起昨晚上独自搭车走掉的小张。心里空落落的。也可能是胃里空落落的。昨晚的酒肉已消化干净，早上又没怎么进食。

车子一路往回赶。想起昨天一路赶来时的欢快样子。小张坐在我右边，小钟坐在前座上，车子飞快地穿过我多年前走过多少次的熟悉田野，我的兴致感染着大家，一路上笑声不断。

现在尽管依旧快乐，说着昨晚上醉酒的可笑事情，说到小钟睡一阵又起来喝一阵，大家都喝醉时她却好像刚刚睡醒。

昨夜睡到半夜，我起来叫醒永和，说我不太放心让小张一个人搭车回去。"咱们起来往四道河子赶吧。"永和依旧迷迷瞪瞪。我问永和开车行不行。永和一睁眼睛，说："行，咋能不行。"

我们去喊住在对门房间的小钟，敲了一会儿门，小钟才醒来，门开个缝问我们干啥。我说，快穿上衣服，回四道河子。小钟瞪大眼睛，看看我又看看永和，一把关上门，再敲也不应声了。

过后小钟说，她看我们全醉了，根本开不成车。

说着走掉的小张，说着别的事。永和让我们不停地说话。他的头有点闷。他让我和小钟大声说话。

车子慢慢往回开。按喇叭时又想起小张。永和开车，我负责按喇叭。所谓喇叭，是一截绑在方向杆上的旧电线，线头往方向杆上一碰，就响了。

永和说这个喇叭还是小张找见的，昨天一路都没找到喇叭。

小张说，这个线头可能是喇叭，捡起来往方向杆上一对，果然响了。现在由我一直握着线头，有事无事地碰一下，响两声。我用喇叭声刺激永和，他的酒劲没过去，头晕，我担心会出事。

有一阵子，若要出事的话，可能已经出了。车从沙湾开出，走了十几公里，永和突然一把方向，把车靠在路旁停住。他说不行了，得缓一阵，刚才脑子一片空白，好像没有在开车，没有方向盘，路也没有了，好像自己虚飘起来。

幸亏刚才迎面没来车，否则，我们的生命也像他的脑子一样一片空白了。

再上路时永和已清醒了许多，他的头让凉风吹了一阵，又抽了两根烟，也该不迷糊了。

我依然不停地按喇叭，说着别的事，想着走掉的小张，或许已经永远失去。车一直往北开再追不上她。车一直往东再追不上她。车一直往西再追不上她。

昨天，她坐在我旁边，对着满桌的丰盛菜肴、给她过生日的一桌人，渐渐变得不高兴时，我已经察觉到了。只是我当时不明白她为何不高兴。或许我们喝酒聊天时冷落了她，让她觉得这场打着给她过生日幌子的宴席，自从蛋糕上的蜡烛吹灭，《祝你生日快乐》的歌唱完，便转移了主题，跟她毫无关系了。

我们简单粗糙的高兴跟她的高兴昨晚上没遇到一起。她的高兴像一头小黑驴没有走入我们的咩咩羊群里。我们借着狂热酒兴，想把一样的高兴给别人。让别人高兴了我们才能高高兴兴。可是，我们真的高兴吗？我们有那么多高兴可以给别人吗？我们早就学会了不高兴也能活下去的本事。

说着小张，想着走掉的小张。车渐渐地朝四道河子驶近，已经过运河大桥，走进四道河子的田野，看见小镇的屋顶了。

可是，小张或许已经不在那里，那层我们住了四天的小楼空了，床铺空了，她的气味留在楼道里，影子投在阳台的白墙上，但这个人肯定已经离开，留下的只是往昔。她的未来跟我没关系了。

2000 年 10 月 5 日清晨

一起慢慢变老

酒完全醒了。昨晚的事也像一个梦醒了。

他们出去给小张做演出服装。永和设计剪裁的。一个小绿肚兜，一条更绿的裤子。只有这两块布可供剪裁。到现在王导还没把芥的形象搞清楚。小张也不清楚她将扮演的这个女人要表现什么。其实，对芥最迷茫的是我。我只有一种最原初的感觉。但心灵的原初感觉是任何形式的艺术都无法表达的。

心灵有它的不可表达性。艺术能够做到的只是接近，尽可能地接近。

现在，他们能做到的却只能是，让这两块很平常的绿布尽可能地与小张的身体贴近。

在心灵与现实之间我们或许能找到一个大致"像"的东西。尽管这个"像"已经大大折损了原本。找到这个无可奈何的替代品，已属不易。而更多的乱七八糟的所谓艺术，跟我们的心灵牛头不对马嘴。

我睡了半下午觉，接着写了上面一段文字。接着睡觉。天黑后他们回来了。小张唱着歌，听上去心情很好。

"我能想到最浪漫的事，就是和你一起慢慢变老。"

第一次听这两句歌，是在三年前，小张唱的。我还记得她唱这首歌时的样子，外面是黄昏，天空通红通红，连房间里都被晚霞染红了。我们坐在临窗的地毯上，喝着啤酒，然后，她唱起了歌。

恍然觉得已经在变老的路上。时间慢慢的。

2000 年 10 月 5 日中午

守着一朵花开谢

今天醒得晚了些，太阳已经照进房子。永和的床空着，也许一夜未归。也许一大早爬起来看日出去了。小张还没起来，过道对门的房间静悄悄的，小钟出门上了趟卫生间又回屋里。王导和二毛的房间也静悄悄的。阳光从阳台的大窗口平照进来，穿过我的屋子，又从床边的小窗口照进过道。小窗口少了块玻璃，前天，临睡觉前小张还从没玻璃的窗口探头进来，很调皮地一笑。她的天性中有一种可爱的东西，时常花开一样不可阻挡地绽放出来。

我曾在这样的花开中度过一段快乐难忘的日子。那时我正写《风中的院门》，刚进入状态，有一个很大的长篇小说的构思。一朵花的开放让我的写作一再延迟、断续。

最后，这部小说写坏了。写成了无数个片段的散文。

我在黄沙梁时，有个放牛的，从春到秋，赶一群牛，在北边的大荒滩上追青逐绿。他春天赶牛出去，一直到落头一场雪才回来。我听说这个放牛的有个爱好，在野滩中遇到花开便会停住，一直守到花开谢再往前去。

我在那片野滩中遇到过多少次花开，已经记不清。我只是经过它们。有时在一朵开得艳美的花朵旁停留一阵，我去干别的事，回来时那朵花已经开谢了，其他的花也正在谢。

在我的一生中，我至少会守着一朵花开谢，我放下别的事情，放下往前走的路。春天过去，秋天过去，所有的人离去，我留下。为我喜欢的一朵花。我想。

2000 年 10 月 6 日

我的毛病

————————————

小张说我现在变了，不像她刚见我那会儿，目光静静的，盯在哪儿就不知道离开。

永和说我毛病越来越多。七八年前第一次见我，不爱说话，低着头，很老实的样子。现在走路把头也扬起来了。"看我给你在奇台拍的照片，不是叉腰就是背着手，像个干部似的。"

我说我小时候就喜欢背着手走路，跟大人们学的，低着头，弯着腰，没长大就跟个小老头似的。至于手叉着腰，确实是新学的毛病。我自从扔了铁锹手就不知道该往哪儿放。幸好写东西，右手有笔握，而左手，一直都不知道该咋处理。闲甩着显然不像样，塞进裤兜又别扭。一慌忙便按在了腰上。

而我"静静的，盯在哪儿就不知道离开"的目光哪儿去了。只是几年前，我记得我的眼神还充满深情。我凝视的枯树都会长出叶子。我望着的秋天田野都会由黄变绿。那时，我的目光被村庄田野深深地吸引过去，我想扭头走开都不能。

现在，我似乎把一个村庄搁下了。

2000 年 10 月 6 日中午

邻 居

　　永和回昌吉。他要去干自己的事情。小张同车去路边送。她不想让永和走。我们都不想让他走。剧组少了一个人，一下觉得没意思了。

　　片子拍摄才刚刚开始，我就觉得没意思了。我们参与其中的热情、牢骚、分歧，以及因为这部片子走到一起的这几个人相处数日的生活，可能是一部永远拍不出来却肯定更有意思的片子。

　　就在早晨，当阳光穿过我床边的小窗口，照在静悄悄的过道时，我突然觉得，他们都是我的邻居，我们已经住了好久好久，被子都睡旧了，门上的油漆都已脱落。连阳光，都已穿过我的房间，穿过小窗口、穿过过道那边的墙壁，温暖地照在他们的被褥和身上。

2000 年 10 月 6 日下午

快要消失的东西

小罗从北京取广角镜头回来。比预计的时间晚了两小时。本来打算等小罗回来再去一趟渠边村，把村头的景再布置一下。好不容易找到的一只老牛车木轱辘得运过来。

为一只老式的木车轱辘，徐飞副镇长曾动员几个干事到各村寻找。听说好不容易在村子找到一只。我们在渠边村踩点时，竟又发现一只。这些旧东西消失得太快了。二十世纪五六十年代以前，作为农村主要运输工具的木轮牛车，现在，连个轱辘都不容易找到了。

还有，我们前天立在村头的高旗杆会不会倒掉。前天，我们在村头栽旗杆时，引来不少村民。村主任对我们拍摄村头不太愿意。村头太乱了，只是些破草堆和烂牛圈，他的好砖房子在里面呢。这是一个已经达标的小康村，他担心这些破旧东西照到镜头里会把这个村子的形象宣传坏。

我们说，在拍一个过去年代的片子。他才放心了。村主任知道我的名字，说有一次到县上开会，县领导讲，我们沙湾出了个作家，写了一本叫《一个人的村庄》的书，把沙湾写得很破旧落后，我们要下决心改变这种面貌。

县委专门成立了"塑美工程"领导小组，要求每家每户，每村每镇铲除破旧，建立新貌。那些破墙头、烂圈棚、粪堆、歪扭的篱笆、弯曲的道路，是首当消灭的目标。

我们再晚些日子来，恐怕连这个破旧的村头也拍不到了。

一个村庄有它自己的历史文化遗存。

土地上生长粮食，但它不是一件制造粮食的机器。我们不能用对待机器的方式粗暴地对待村庄土地。它是生养我们的父母。

它是唯一的，不能更换，别无选择。

村庄的"新"在我们看不见的日常生存里。

一间舍不得拆掉的旧圈棚，对这户村民来说，或许有着难以言说的心灵慰藉。尽管他盖了砖瓦房，修了新门楼，甚至不养牲口了，但这间破圈棚仍旧立在房边，棚顶的草早已灰枯，柱子也歪斜。棚内空空的，像永远的怀念与期待。

我想，在这家男主人收工回来偶尔的一瞥里，他曾有过的牛羊全聚在这个破圈棚里，满满当当，哞哞咩咩地叫。这时候，从他心中溢出的会意微笑是多么美好。

还有房后面那半堵干打垒的破土墙，它并不妨碍谁，立着也不占多少地方。夏天的中午会有几只鸡蹲在墙根乘凉。一头猪背靠着墙蹭痒痒。在它一旁长着一棵有年纪的树，都活累了，朝一边斜歪着身子。曾经以它挡风御寒的人家在前面盖了新房子。为了腾出地方他们把旧墙推倒，只留下这半堵。

他们懂得给过去生活留一点位置，就像给祖宗留一处牌位。生活的美好气息就是在这样的传承中源远流长。我们完全没必要专门把这堵土墙推倒。

渠边村村主任虽然也担心我们会把他的村子拍得落后古老，却还是很热心地帮助我们，亲自带我们去附近学校找了几块破旧红旗。

王导觉得村头的高旗杆上应该有一面红旗子，作为村头的标志。

但我认为不应该是旗子。它只是无意中被风刮上去，缠在上面的一块旧红布。很自然的东西。

村庄举得最高的是树梢上那些哗哗响的叶子。

最后这块红布按永和的想法挂了。杆子立起后我们都觉得这就是想要的效果，很随意的一条红布，在高高的杆头上随风飘舞。仿佛这个村庄一下子不一样了，它有了一个标志。

不知村里人因为村口的这点变化，会不会觉得自己的村庄不一样了。

王导甚至担心村里人会把我们立起的杆子推倒，等明天我们前去拍摄时，村头已经被他们改变得面目一新。

现在天渐渐黑了。小张出去洗澡还没回来。我开着门写日记。

渠边村的那根高杆子插进越来越黑的天空里，再拔不出来。

2000 年 10 月 6 日下午，更晚一些

雨点一样的星光

　　天全黑了，小张洗澡还没回来，晚饭吃了一半，小钟说小张会不会晕倒在澡堂。我说我去找找，小钟说我不知道地方，便一同去找。

　　回来时三人走在黑黑的马路上。两旁的房子也黑黑的，没一点灯。前面，我们住宿的小楼那一块的路上稍亮一些，从饭馆门窗溢出的灯光，半明半暗地淌在地上。

　　小钟在前，我和小张在后，缓缓慢慢地朝前走。

　　许多年前。也是一个秋天的夜晚，我从北边的荒野，向这个小镇走，远远地我看见路两旁的房子，窗口溢出的昏黄灯光，头顶的星星，密密的雨点一样，仿佛要落到身上。

　　我走了很长时间，这个小镇的昏黄灯光，一直在远远的前面，仿佛我永远都走不到那里。

　　后来，我踏上小镇的街道，当我一步步走过去时，街两旁的灯光一片片灭了。我朝街那头走，没有一个人，只遇到一股风，往北边刮，嗖嗖地吹响我的衣服头发。当我走过最后一个熄灭的窗口时，发现自己已经走进另一片荒野，路一直伸下去，再看不见前面的灯光，群星在头顶，密密的雨点一样。

我记忆中暗淡多年的这个小镇的灯光，今夜又亮起来。

这会儿他们在对门屋里看小张试衣服。我背靠着床头写日记。我记着正发生的事。他们的下一句话、下一个动作，就是我的下一句。这种当场记录的方式我觉得挺有趣。有时一件事情正在发生着，我突然脱身，坐在一旁开始记录，把刚发生过的补上，接着记正发生的。

以前，一件事发生许多年后我才去记录它。许多事情因此再也记不起来。

现在正发生的一切似乎不再被忘记。

我们正生活在一个被记录最多的年代。无数支笔在记录，无数的照相机、录音机、摄像机在记录。我们对这个时代的无知，恰恰在这无数的"看见"里。

2000 年 10 月 6 日晚

大地鸡鸣

　　早晨六点起程，到达渠边村时天还是黑的。我们栽的那根高杆子隐约可见。

　　在村头架了堆火，等候日出。

　　渠边村还沉睡着，没有一户人家的窗户亮着灯，村子很安静，没有狗叫声，也没有鸡鸣。这个地方的天亮一般在七点钟。

　　早晨五点钟，我突然醒来，听见遍野的鸡鸣声。我以为天要亮了，爬到阳台窗口朝外望，满天的星星，天没一点要亮的意思。鸡鸣声在四处的田野里，连片响起来，哪儿来这么多鸡，我有点疑惑。仿佛在梦中，听见另一个年月的鸡叫。另一个年月的天，在我不知道的地方，恍然大亮。

　　鸡叫属于过去的声音。

　　那些鸡叫里的累累尘埃，比夜色还深还沉。

　　谁能擦亮一声黑暗的鸡鸣，就像擦亮一把锈蚀的镰刀。

　　我从不知道还有哪种生命像鸡这般绝望孤独。它们全在叫——所有的公鸡在叫。母鸡跟着叫。

　　它们叫过之后天会慢慢变亮。鸡会不会真的认为天是它们叫亮的。

鸡在日复一日的鸣叫中变得更加孤独。

所有的鸡一起叫。它们全都叫过了，再没有声音了，生活还是这个样子。不像人，永远只有个别几个在叫。更多的人只是听，沉默。

所以人是有希望的动物。因为真实的人的声音永远完整如初地保存在沉默的人群中。当那些公鸡一样早早起来打鸣的人叫得累死，真正的人的声音并没有损失。

2000 年 10 月 7 日

渠边村日出

　　东边沙梁后的天空泛白时，村子里有了些声音：开门声、说话声、农具的碰磕声……一家一家的窗户开始亮了。

　　渠边村的黎明灰暗而寂寞。没一点牲畜的叫声。偶尔谁家发动拖拉机，突突的声音把空气震荡坏了，吸到肺里都能觉出不舒服。村里早就没有了驴，牛也剩下不多，羊还有一些。牲畜一少，就不敢大声鸣叫，生怕被发现，整天装哑巴，低着头，在人群里混日子。

　　这个村里的人或许不知道有一些人一直坐在村头等他们醒来。等他们村里的太阳出来。

　　我很久没守望过一个地方的日出了。我知道每个地方、每个村庄的日出都不一样。尽管是同一颗太阳，但它在不同地方升出会呈现千千万万种景象。

　　渠边村的太阳在一道沙梁背后，放射出万道霞光，天空一片暗红。我注意到最早的那些光束变成红色，慢慢倾斜过来，像一排斜插天空的树木。阳光向大地倾斜过来。那些屋顶最早感受到阳光。接着人的头顶感受到阳光。等人的脚背感受到阳光，太阳已经露出沙梁。

太阳露出一半时，它就像这片沙土地里长出的果实，浑身带着沙土。那时几乎它所有光束都倾注在眼前这个小村庄里。躺在地上的木头，泛碱的潮湿墙根，陷入沙地的脚印……都被它镀一层红光，连最阴深的鸡窝、老鼠洞都被一一照亮。这一刻渠边村是世界上最亮的。

当它挣脱沙梁，在一片耀眼的眩晕里抖一下身子。我们担心它会掉下去。只一眨眼工夫，太阳就到天上了。

太阳一到天上，就跟这个小村庄没多大关系了。人们开始忙碌地上的事情。太阳独自朝天上走。

许多年前，我写下这样一段文字：在心中珍藏一个磅礴日出，比存多少钱都有价值。那时候我的心中已珍藏了多少个完全不一样的日出。但我说不出。

渠边村的人似乎对自己村边的日出不太在意。他们扛锨朝西边去，赶牛向南出了村子。没一个人像我一样一动不动望着东边。或许在他们看来，天地日出不过是发生在沙梁后面的一件小事。太阳每天都出，都从村边上升起。那些五彩缤纷的霞光又不能像高粱玉米一样收进粮仓。或许在他们心中，在他们的牛羊和鸡心中，都早已盛满无数个早晨的鲜活阳光。

但他们知不知道自己村庄的日出与别处大不一样。

今天，2000 年 10 月 7 日，照亮世界的太阳从渠边村的沙梁后面冉冉升起。

2000 年 10 月 7 日

把一个小村庄的事情做大了

小冉从沙湾赶来为我们接风。景祥也来了。

小冉是我相识多年的朋友。十多年前，他在黄沙梁棉花加工厂当会计时，就喜欢读我的诗。

景祥说我把一个小村庄的事情做大了。

这是对《一个人的村庄》最确切的评语了。景祥也是我多年的挚友，写得一手好文章，却不专心于此。他有自己的事情。

我在沙湾认识好几个能写文章的人，他们都忙得很，有的做官，有的做生意，有的种地、开饭馆子，没工夫安心坐下来写成一本书。

包括我大哥刘明程，我弟弟如果，都曾经写过不少东西。许多年前，我还上初中，我大哥已毕业务农，我三弟也在上初中，比我低两级。在那个偏僻的小村庄里，我们兄弟三人开始写小说，一人写一部，都是长篇。我弟弟如果为写小说放弃了一年多学业，我大哥也不安身种地，一心扑在小说上。我也几乎为此荒废了学业。我们兄弟三个想通过写作找一条离开农村的光明大路。

可是，我们都没有把那部小说写完。或许我们根本无法完成它。三弟写的稍长点，完成了好几万字，我和大哥只写了开头和中间的一些片段。我记得那时大哥的文字已相当凝练，描述故事的能力也非同一般。我们三人中，最有文才的是三弟，思路开阔，行文无拘无束。我最差，几乎写不成几个完整的句子，却天天想着要写成一本书。结果，多少年后我真的写出了一本书。

我的两个兄弟却早早地搁笔了。三弟如果现在沙湾县法院，一门心思写判决书。我没看过他写的判决书，是否文采、风格跟别人不一样。但我知道判决书就一种格式，它容不得"不一样"的。我大哥刘明程还在折腾地。一次他喝了酒给我打电话，说还想把小说拾起来写一写。可能酒醒后又把这回事忘了。我也再没问过他。

我的文章中有几个精彩句子，是从三弟如果扔弃的文字中摘抄的，我觉得扔掉可惜。我的一些想法可能受大哥的影响。记得谁说过，一个时代的文学是同时代的作家共同完成的。而我的文字确确实实是我们一家人共同完成的。我们一家八口人，竟有三口，投入文学写作中。这确是一件非同寻常的事。

有时想，一个时代的文字若真从一个小村庄开始，到现在，它也会发展到一个很高的程度。

那个时代的文字从别处开始了。我们只是遥远的跟随者。没能紧跟上它或许是我们全部的幸运所在。因为一个时代的文学同时也在其他地方——包括一个小村庄里，不断地开始着。

这次中央电视台将向全国、全世界的汉语观众推出的，正是从一个小村庄里开始的文学。

2000 年 10 月 7 日晚

没有桥，没有路

喝完酒和小冉、镇供销社两位朋友打了一阵"炸金花"，输了近五百元钱，输得痛快。

农民说，钱是身上的垢痂，今晚却有洗尽垢痂的轻松愉快感。

现在他们回去睡觉。我一人留在招待所。夜长到没边，尽管他们陪我玩牌耗掉了几个小时，但夜晚仍旧没边。所有人都睡着了，隔壁房间的人，整个小镇的人，都睡着了。有一个人在独自度过长夜。没有桥，没有路。

明早摄制组会起得晚一些，我们拍过日出了，明天的太阳再怎么样升起都跟这场戏没关系了。这是所有艺术的无情无知。这也是黄沙梁的太阳永远不管其他地升落下去的永恒魅力。

我们算什么呢，当我们把镜头对过去的时候，我们并不比一只羊、一头毛驴的眼睛看见更多。但这并不妨碍我们把这部片子拍下去。

谁也不能阻止我们的无畏无知。

2000 年 10 月 7 日夜

一个人的影子

昨天清早，在渠边村村头时，我注意看了我的影子。

太阳没出来时，半个地球都在阴影里。那是大地本身的阴影，就像一个人的后背，在他前胸的阴影里。

可能过去是凉爽的，却不寒冷。我有时能看见大半个村庄的人，坐在凉爽的过往年月里，不愿出来。在今天的太阳底下干活的，只是极少数。他们打的粮食，也是都贮存进回忆里。

我看见自己的影子——确切说，我从地上重重叠叠的阴影中，分辨出自己的影子时，太阳已经露出沙梁了。我的影子和那根歪木桩的影子，还有沙梁下一棵杨树的影子，并排穿过村头的大片空地，穿过马路、路那边的棉花田，一直伸到我不知道的遥远处。

从这儿向西几十公里是小拐，再一百多公里是克拉玛依，再过去上千里的茫茫戈壁，便是过去的俄罗斯帝国的版图了。在早晨，一个人站在村头，想着自己的影子已经越过千山万水，伸展到自己终生都不能到达的遥远天地。

一头牛会不会也这样想。

一个人，拖着自己都不知道多长的影子来回地走——扛锨去浇地，或者赶牛车拉草。会不会把本来不轻松的生活变得沉重无比。

生活中最重的负担在人的思想里。

人一旦被想象中的活累趴下，眼前的一捆草也会没力气举起。

活干完的人坐在阴凉里。在那里，做完的每件事情都又静静地开始了，不扬起一粒尘土。

而渠边村的现实：太阳升起。没有牛拉不动的车，也没有人过不去的日子。唯一的意外：太阳升高，我无限伸长的影子一点点缩短——它那么遥远地返回时，我已不在这里。

但那根木桩，沙梁下的白杨树，会一动不动地等待自己的影子回来，在身底下待一会儿，又朝另一个方向缓缓走去。

2000 年 10 月 8 日

今年的头一场雪

他们改主意去沙湾县城拍几个镜头。我和小张留在招待所。午饭后我睡觉，小张去电话亭打电话。不知睡了多久，他们扛设备上楼来。外面风雪交加，这是今年的头一场雪。

看了今天拍的镜头：苞谷地、芦草、二毛在荒草中挖地。镜头很美。只是二毛挖地的动作与他的其他动作一样——太用劲、太狠，像对地有气似的。

我接着睡觉，一直把天睡黑，听见他们在楼下说话，下去见小罗正在拍二毛站在雪中的镜头。有了这场雪，就不缺冬天的镜头了。

中午在下面吃饭时，听邻桌两个农民喝酒聊天。两人喝了一瓶酒，脸都红红的。一个滔滔不绝地在说，另一个只是迷糊着眼睛听。偶尔插半句话，又被这一个抢过话头。

在这里的许多年间，我就是那个说不上话的人。我一直在听这个地方的人说话，听了许多年。

现在，许多人开始听我说这个地方。

2000 年 10 月 8 日下午

渠边村的风

雨雪停了，地上满是泥水。门口的小车顶覆着一层薄雪。

晚饭吃得很愉快，二毛讲了几个新疆味的段子。我帮衬着调笑几句。饭后小张去打电话。我坐在屋里写日记。因为再没发生什么事，也就写不出啥来。

永和画的渠边村村头的色粉画贴在我床边的墙上，那根高杆上的红布还飘扬着。

昨天，天未亮到达渠边村时，我记得红布朝西飘，刮着东风。太阳升过房顶时我看见红布向南飘，刮起北风。快中午时红布又转向东，西风起了。我们撤离渠边村。

我知道天黑后下山的南风会将红布吹向北方。整个一天风绕着渠边村吹了一圈。第二天早晨，风又到达它开始的地方。

渠边村的戏就算拍完了。那根高木头将继续立下去，杆头的红布任风吹拂。

这个村子的天空太空荡，或许应该有个东西伸到空中去。但肯定不是这根作为道具的大木头杆子。

2000 年 10 月 8 日晚

不能改变的东西

难得的一个大晴天，我被透过窗户的阳光照醒。

我知道在这里许多年间的许多人和事情，都是这样被太阳缓缓慢慢照醒。没有谁去单个地唤醒他们。

摄制组什么时候出去的我都不知道。这个早晨，在我沉沉的睡梦里，他们把镜头对向了哪几处我司空见惯的景致？

一千个早晨我不醒来大地还会是以往的样子。没有谁能够改变这个地方的日出。

人们能做到的仅仅是，在长草长庄稼的土地里盖几幢新房子、栽几根电线杆、修几条新马路这样的露水小事。

而我能做到的也仅仅是，把不能被改变的一切深藏心中，当人们改变了整个世界，在一千一万个这样的早晨里，我照着阳光，吸着新鲜熟悉的空气，说出那些永远没改变的东西——千万年里丝毫不变的一切。

2000 年 10 月 9 日清晨

没有小地方

吃过早饭与小张同去镇政府办公室，做礼节性拜访。十一假期过后刚上班，镇里人都齐全。

先见查书记。查和我是老相识，认识快二十年了。我在大泉乡当农机管理员时，他是大泉四队农民。后当村主任、村支书，后又通过选举任副乡长。再后来我去乌市，彼此互无消息。没想到他已是四道河子镇党委书记。查是沙湾县唯一的没有通过科班程序而直接由农民升为一镇之首领的地方官。其成长道路可见其能量能力。

若按现在的干部选拔程序，一个农民永远不可能再进入乡镇领导行列中。他必须通过考试、分配、一级级迁升——让自己先不是农民，然后才有机会来管理农民。

郭卫镇长也是我在沙湾结识的朋友。经常一起喝酒，很熟悉了。见面时他正在办公室处理过节之后拥来的一大堆事务。在沙湾县乡镇干部中，郭卫算是很有文化修养与才干的一位年轻镇长。

摄像小罗在接触了几个四道河子的乡村干部后，惊讶地说这个地方的人不可小视，镇长、副镇长、一般干部，甚至村主任，都很有文化知识。这也见证了我的一贯看法：没有小地方，只有小眼光。

2000 年 10 月 9 日上午

想出来的事情

中午他们拍片回来一同吃饭，而后带小张出去。太阳时隐时现。他们希望碰见好太阳时抓拍几个芥的镜头。

现在又是我一个人坐在窗口前等候天黑。我比他们更有时间把这些天的事前前后后想一想。

我比这里的人们更有时间把多少年的事反反复复想一想。

其实我就是这样一个闲人，他们忙着干事情时我闲着手，四处溜达。

我从他们干完的事情上想出事情。在他们走完的路尽头，我又往前走一大截子。

2000 年 10 月 4 日下午

闲　人

　　王导老让二毛背个破包走来走去。我不喜欢这个镜头。那是个城市人形象。他没见过在田野间行走的农民。他把一个城市的流浪汉安插在我的村庄，那不是我，我不需要背个包。我的事情放在这片大地上。

　　我甚至没什么事情。一个闲人。

　　所有的活都已撒手。闲甩着膀子在田野走动，站站停停。我的事情是我想出来的，就像一株草某个春天从野滩上长出，跟一个村庄的收成没有关系。

　　在一年四季盯着春种秋收、锅里碗里的一村人中，应该有一双眼睛看到这一切之外的更远处。

　　这片大地上世代劳忙的人们，已经用他们的劳忙养活出一个闲人。

　　一个走到麦地尽头，在隐约的田埂上回望村庄，把那些低矮土墙的阴影全都照亮的人。

　　一个走进荒野走向一只虫、一窝老鼠、一只飞鸟的人。

　　不时地走出村庄，又出去。

他的手永远是空的、闲甩的。顶多拿一把镰刀，扛一把锹。

他已经把大地上的事情放在大地上。

而有多少人，背了几根烂柴草跑了一辈子。

——正因为有背了几根烂柴草跑了一辈子的许许多多的人，他们把大地上的事情扛在肩上，不肯松手，才会有另外一个人，把这一切原原本本放回到大地上。

2000 年 10 月 9 日晚

一个地方的睡眠

昨晚郭卫镇长请摄制组吃饭。吃得好，交谈得也好。这是摄制组进入四道河子以来最为愉快的一次酒席。喝到尽兴欢快而散。我随朋友出去打"炸金花"，打到半夜，赢三四百元，上次已经输空的口袋里又有几个钱了。

凌晨四点多，我一个人回招待所。铁皮卷帘门紧锁着，敲了几下，不敢再敲了。整个小镇静悄悄的。我敲出的声音太大太吓人，把我自己吓住了。我从来没有在一个地方弄出这么大声音。肯定已经吵醒楼上的人，吵醒旁边这一排小楼上的人，甚至吵醒对面那排小楼上的人。也许我的敲门声把这个小镇的人全吵醒了，他们肯定在暗暗地恨我，骂我。

一个地方的睡眠是多么美好珍贵。谁也没权力让他们在这个时候醒来。人们的睡眠是绝对独立的。没有谁能统治人们的睡眠和梦。所有的统治手段均针对人的清醒。

我还会在这个地方醒来。就像我还会在这个地方睡去。

睡着时，我完全是自己的。

如果我一直不醒来，谁叫都不醒来，一直地沉睡下去，田野青了黄、黄了青，我们还在梦里。我们用睡眠消灭掉那些想统治我们的人。在我们的沉睡中一个又一个时代消亡，一群又一群伟人死去，当我们醒来时，身旁鸣叫着的，依旧是那些最微小的虫子。

现在，我也该扔下笔，加入人类的睡眠中了。

2000 年 10 月 10 日凌晨四点

写作是件可怕的事情

我不能再往下写了。当我作为一个记录者的时候,生活是多么没有意思。片子拍完了,这里的生活还在继续。我们的镜头对着这里的生活,拍了一部跟它毫无关系的片子。就像我的笔,跟踪正发生的一切,却又远在这一切之外。

我只能把我自己写出来。

写作是一个不断丢失的过程。一开始我想记下身边周围的每个人,我确实在那样写了。我觉得他们每个人都应该在我的文字中留下一笔。不然我对不住他们。

可是,写着写着我把他们都丢光了,剩下我一个人。我再看不见周围的事物。

有时我从这个村庄,从身边的人和事情开始,三两句就丢下他们写到别处,越扯越远,连我自己都喊不回来,写到底也不知道回头照应一下前面。

我一直想撇开自己从别处开始,但每一次都回到自己。

我不能在写作中忘掉自己,我只能做到忘掉别人。这可能是我的欠缺之处。

　　也许，我的自私使我的文字永远朝着有利于我的方向。在记叙这些时，尽管我在努力保持记叙的客观、真实，但笔握在我手里，他们没有记录。在这一系列事件中，最后的话语权被我一人独握。这是多么不公平。

　　这又是多么公平——他们带走生活，把文字的枯燥留给我。

　　最后这段生活将隐去，我的文字留下来。包括我写的村庄、田野、牲畜、草木，都在我的文字背后消隐。

　　写作是一件真正可怕的事情。

　　时光消失，文字留下。文字留下了什么？相对于千千万万个消灭于时间中了无痕迹的村庄，一个被文字记住的村庄也许更不幸。

2000 年 10 月 11 日